生活终将为努力者设宴

十九号师兄／著

广州新华出版发行集团
广州出版社

图书在版编目（CIP）数据

生活终将为努力者设宴 / 十九号师兄著. —广州：广州出版社，2017.9
ISBN 978-7-5462-2639-2

Ⅰ.①生… Ⅱ.①十… Ⅲ.①故事—作品集—中国—当代 Ⅳ.①I247.81

中国版本图书馆CIP数据核字（2017）第238372号

书　　名　生活终将为努力者设宴
Shenghuo Zhongjiang Wei Nulizhe Sheyan
出版发行　广州出版社
（地址：广州市天河区天润路87号9楼、10楼　邮政编码：510635
网址：www.gzcbs.com.cn）
策　　划　柳宗慧
责任编辑　杨珊珊　区力文
责任校对　蒋美秀
装帧设计　肖晓文
印刷单位　广东信源彩色印务有限公司
（地址：广州市番禺区南村村东兴工业园　邮政编码：511442
电话：020-31035572）
规　　格　787毫米×1092毫米　16开
字　　数　171千
印　　张　14.75
版　　次　2017年9月第1版
印　　次　2017年9月第1次
书　　号　ISBN 978-7-5462-2639-2
定　　价　25.00元

序言

活着，才有机会去努力

扁鹊见蔡桓公，立有间，扁鹊曰：“君有疾在腠理，不治将恐深。”桓侯曰：“寡人无疾。”

这个讳疾忌医的故事，大家耳熟能详，少年读书时便在感叹蔡桓公的愚昧，做人做到这个地步，真是悲哀。

然而，当我们生活于世，自己遇到这样或那样的问题时，或许明白缘由，又或者茫然不知，但却坚持自顾而行，使问题变得越发复杂，直到最后不可收拾。

我有个朋友，常常感叹如果当初能那样做，自己便会好许多。但问题是，到底要哪样做？

一个人的成长无外乎家庭、事业、爱情三个层面，如果再崇高一点，就是战争与和平，生命与伦理。

请允许我做出了一些自以为是的选择和叙

述，将那些深层次的误区用故事表达出来，以尽可能地让大多数人明白：其实事情应该是这样，我们如果这样做，或许还来得及。

这就是我生产的后悔药。

阅读家庭，你或许会明白父母的不易，作为子女的义务在哪里；阅读职场，你或许会明白上升的捷径，自己应该如何铸造自己的事业；阅读爱情，你或许会突然发现真爱就在身边，所有的跋涉都只是一场空欢喜；阅读战争，你一定会发现和平是多么的不易；阅读生命，你一定会发现生命又是多么的不可思议。

我必须得说，阅读的过程就是服药的过程，治疗的过程，无论你是否发现自己有病，无论这种病或轻描淡写或积重难返，请你一定要记住，不要放弃治疗，万一治好了呢？

所以，对症下药吧，哪怕是死马当活马医也行，毕竟，活着比什么都重要。

请大家配合。

2016 年 12 月 28 日于自由人花园

目　录

CONTENTS

第1季
真正努力的人，夜再深也会回家

第 2 季 你把任务交给我，我把未来交给你

第4季 怕得要死的人，也配拥有一颗勇敢的心

第1季

真正努力的人，夜再深也会回家

半生泥巴，抵不过一座高楼

我问母亲，今年要不回老家一趟？她看了我一眼，说，还是算了。

都说从农村走出来的人，多半是眷恋农村那片土地的，住不惯城市的高楼。我的一个同事整天都在抱怨，说好不容易接了父母来城里，不过一两天就闹着要回去。

我认为恋老家才是正常的，但这十多年里，母亲竟然从未回过老家，偶尔有老家的乡亲顺道过来，也只是拍着手掌讲过去的事，对老家绝对有着一份深厚的感情。

母亲的上半生在湖南的一个偏远山村，当代课老师，我曾听她说过，从十九岁到五十五岁，整整三十六年，她就住在那个泥巴糊成的小学校里，每日里陪着孩子，一晃眼便青春道尽。

我问她，年轻的时候，就没想过调进城里，或者干脆辞职，外面的世界多么精彩。但母亲并没有回答我，而是笑笑说，待在农村，脚底板踩在泥巴上，踏实。后来，我去了城里读书，好多次央求她一道去城里看看，她也总是推辞，说下次一定去。

我不知道她说了多少个下次，等到她真的认真地洗了脚，穿上崭新的布鞋，跟我踏上进城的班车时，已经是几十年后了，我有了工作，有了妻子，也有了自己的孩子。

也是到我长大，成年后，才渐渐明白，母亲

并非不想进城，而是舍不得乡里的孩子，大多是留守儿童，方圆几十里就那么一所学校，一个老师，母亲走了，这些孩子的学业也就跟着完了。

不过，母亲并非单纯地为了完成教学这个任务而留在那里，待久了，活着活着就有感情了。母亲坚定地告诉我，她爱那泥巴的味道，爱山涧新鲜的空气和清脆的鸟鸣，还有孩子们的欢呼声，一天没听到，浑身便不自在。

正是因为这个原因，我才迷惑，母亲怎么不愿意回老家呢？住在城里，到处是高楼大厦，有时候好几天都不会下楼，我和妻子都受不了，吵着要去旅游，母亲又怎么受得了。

但自从母亲退休了，舍下那群孩子，和我来到城里，却似乎深深地爱上了城里的高楼，整日里抱着孙子，每天似乎很开心，也是因为有她在，我和妻子才能够心安理得地上班、加班，干自己的事业。

我以为，自己已经很用心地征求过母亲的意见，希望偶尔能送她回老家看看，既然她不愿意，那么，我也算尽了责任。至少，我对母亲是孝顺的，爱她的，愿意为她着想。

可是，我错了，大错特错，我不知道天下有多少像我这样的儿子，像我这样对着母亲犯错。有一天，我提前回家，看到母亲正和她的孙子在卧室里说话，便悄悄过去听，没想到母亲竟是对着熟睡的孙子说，乖孙子，你可要快点长大，等你长大了，奶奶便可以回老家了，你可要快点健康长大啊！

母亲原来并不喜欢城市，不喜欢高楼大厦，她待在这没有泥巴，没有新鲜空气，没有鸟鸣的小蜗居里，只是为了不让我太辛苦，能够安心工作；只是为了再尽一点力，把孙子带大些。但是，她却从不把自己放在心里。

我决定，今年无论如何也要带着母亲、妻子，还有孩子一起回一趟老家，每年回去几次，让爱在高楼和泥巴之间变得更加亲密无间。

我对母亲说，不能算了，车票都买好了，必须回家。

浪漫从来不晚，平淡向来最真

母亲说要出去走走，很突然。除了意外，我更多的是高兴，因为这十几年来，母亲几乎没有离开过家门，当然，并不是因为经济原因，作为女儿，我隐隐觉得母亲总过得郁郁寡欢。

迫不及待地问母亲想去哪里，拉斯维加斯、西雅图还是迈阿密？这些都适合老年人去放松一下心情。可是，母亲只是摇摇头，自己收拾一下行李，便出发了。

怀着忐忑不安的心，我紧随母亲身后，直到火车停在维珍尼亚，我才想起母亲曾提过，她的少女时代就在这里度过。当年的维珍尼亚是西部一个荒凉的城市，如今也差不了多少，大冬天跑到这里来，要不是为了母亲，自己一定正躺在沙发上舒适地吃水果。

我忍不住哀叹一声，小声地询问，是否要找一间汽车旅馆。可母亲似乎没听见一样，踮着脚朝远处望，接着一转身，便朝左边的弗里斯街走去。

古老的街，古老的建筑，就连街上的行人也极具西部风情，这些在华盛顿是绝对看不到的。我突然觉得愉快起来，心中似乎有种异样的感觉在冉冉升起，当然，我不知道这种感觉是来自母亲，抑或出自这座别有意味的城市。

前面的路还很长，似乎没个尽头，可母亲却异常的兴奋，不时回头对我说，没错，就是这里，就在前面。前面是什么，这条街又曾发生过什么故事，只有母亲知道，我想问，却又怕触及母亲不想提及的往事，只能在心底想着，想着斯嘉丽邂逅白瑞德那样的传奇。

然而，母亲终究是让我失望了，没有白马王子，没有浪漫情调，她停留的地方，只是街角的一棵不知名的小树下。是她要见的人没有来，还是根本就没有要见的人，十几年过去了，或许连母亲自己都该忘记了，无论我所期盼的浪漫是否存在。

很多时候，我为自己作为女儿感到惭愧，对于母亲揣摩的心思总是找不到要领，就像站在街角的那一刻，我不知道该说什么，又该做什么，直到半刻钟过后，才看见母亲慢慢地蹲下，一双粗糙的手径直扫向树下的落叶。我想过去帮忙，却怎么也抬不起双脚，心随着哗哗的声音跳个不停，母亲终究不是毫无目的地来到这座城市。

树根下那个小洞里埋着一封信，母亲拿出来的时候，脸上露出了灿烂的笑容，她兴奋地对我说，有信。我猜，那一定是母亲深爱的人留下的信，这里一定是他们的约定，属于母亲和那个男人的地方。可家里的父亲呢？我不想问母亲这些问题。

我看见，信上只有寥寥几行字，可母亲却足足看了十几分钟。直到天快黑了，我提醒母亲，她才转过身来，说：“他来过，他终究是没有忘记。”

母亲强烈要求直接回家，尽管回家的路还有很远，尽管她只说了一句话：想回家，我想你父亲了。尽管这句话很简单、很朴实，但我却深深地感受到它的重量，母亲爱父亲，不管她的心里藏着多少秘密，那都已无关紧要。

我在日记里把这次维珍尼亚之旅唤作一次浪漫的重游，在那条古老的街，在那棵小树下，曾经有两个人，偷偷地回去过。尽管我不知道他们是否还爱着对方，不知道他们是否曾经浪漫，重游故地又带着什么样的心情，但我却敢肯定地对父亲、对所有人说：生活是美好的，人生不过如此。

花的心藏在蕊中，人的心藏在情处

水瓶座的人很花心，这是那天逛街时，好友瑞丝随口说的，但言者无心听者有意，匆匆忙忙地回去上网一查，发现还真有这么一种说法，星座谱系上描述得真真切切，就连其很受处女座喜欢也写得丝毫不差，看到这里，我的心便像被什么猛地叮了一下般疼痛。

环顾贴在墙上杰森的相片，那一张张微笑的脸越看越像一朵朵花，似乎完全无视我的存在，正四处招惹着蝴蝶。我一下子便火了，使劲把它们扯下来，然后在手里撕得粉碎。杰森这个混蛋，当初自己怎么就会喜欢他呢？竟然还情意绵绵地主动向他表白，自己到底是吃错什么药了，搞得今天第一次来他家，不听我讲星座的事情就算了，竟还半夜三更地抛下我一个女孩子不管。

唯一的解释便是命，自己是处女座，杰森是水瓶座，痴心女孩遇上花心萝卜能不吃亏吗？可是，我并不愿意就此屈服，星座谱系上不是说了水瓶座的弱点吗？只要把老太婆（杰森的母亲）搞定，大孝子水瓶座还不是乖乖听我的。想到这里，我便悄悄地打开卧室，准备把杰森的罪行好好地在他母亲面前罗列一下。

客厅没人，我便悄悄走到次卧，果然，里面还亮着灯，我便清了清嗓子，正准备敲门，却突然听到里面有说话声。这是怎么回事，我忍不住双耳贴在门上，里面是老太婆的声音，但说话的内容却让我大吃一惊。

“亲爱的，你是我的唯一，你不是答应我再去看一次《泰坦尼克号》吗？去嘛，人家要去嘛！”

老婆子一大把年纪了竟然还撒娇，我强忍住笑，只听里面越说越有激情：“亲爱的，你真坏，放开人家了，不是说好不拉手的吗，怎么亲人家了！”

站在门外的我听得一身鸡皮疙瘩，看来老婆子不简单，八成是在哪招了个情人，果真是有其母必有其子，我极其鄙视地啐了一口，再也没了告状的心思。

我正准备回房睡觉，门外却突然传来开锁声，接着一个人影便蹑手蹑脚地往里走，那正是杰森，他终于偷腥回来了，我正一肚子火没地方发泄，便气冲冲地站在卧室门口。但是，我的火还没来得及发就消失得无影无踪，因为杰森把手里的袋子甩了甩，轻轻地说：“亲爱的，我知道你只用这个牌子的卫生巾，超市都关门了，转了一晚上才找到。”

和杰森静静地躺在一起，我忍不住提起水瓶座的事情，当然，之前的猜疑全都烟消云散，我只是表达了自己对星座的怀疑。杰森听了忍不住又把我搂在怀里，在我耳边说：“水瓶座是最忠诚的星座，我妈也是。”

我不懂什么意思，杰森犹豫了一下，才告诉我：“亲爱的，你知道吗？医生说爸爸虽然成了植物人，但只要每隔两小时和他说说话，说不定还可以恢复过来。”

所以老太婆，不，妈妈才会半夜爬起来对身边的丈夫说上那么一段莫名其妙的话。我的眼泪一下子泉涌而出，止都止不住。杰森焦急地问我怎么了，看着他自责的样子，我强自露出一丝微笑，只吐出四个字：“我好幸福。”

少年不识愁滋味，滋味如初雪落寞

父亲骂我不争气，我便踢门而去。

独自来到九寨沟，爬上岷山，果然白雪皑皑、寒气逼人，听说这是西南一带的最高峰。

山顶避风处竟然有间茅屋。我走过去，里面传来说话声，“爸爸，雪融了吗？记得叫我下山啊！”一阵狂风刮过，我顾不得礼貌便推门而进。

说话的竟然是个与我一般大的少年，他躺在床上，一旁的老人正在喂他吃面包。老人对我使了个眼色，我便默不作声地站在一旁。

少年睡着了，老人便告诉我，自己和儿子在山顶已经待了五年。我震惊，少年看起来挺开朗的，只是不能走路，记忆力很差，除了父亲外，记不得任何人。

在我们的谈话中，少年迷糊中一直在不断重复一句话：“爸爸，雪融了吗？别忘了叫我。”

老人说短时间内儿子不会醒，便带我去附近转转，说五年来一直没下山，他很熟悉地形。

老人很热情地给我介绍岷山的种种风景，我问他：“长年在这不冷吗？”老人叹了口气。原来五年前老人和儿子一起来旅游，遇到雪崩，当时正准备下山，所以儿子醒来后，一直以为就要下山。

我问为什么不去医治，老人黯然神伤，说医了，儿子活过来了，但必须活在雪山之顶，因为儿子被埋在雪堆时间太久，非雪山不能生存。

所以，为了儿子，老人一直陪在雪山之巅，整整五年，不顾自己年老体衰风湿疼痛，从未下山，生活用品都是专人送上来。

我们竟然在一个叫死水洼的地方看到了真正的雪莲，老人说儿子喜欢，便采了往回走，说儿子快醒了。可在回去的路上，我们看到一股雪水从高处往下流，切断了去路，老人很焦急，说要冲过去，儿子快醒了。我说太危险，还是等雪水过后再走安全点。但老人不听，让我等会儿再过去，自己却不顾一切地冲上雪水激流。

老人的双脚都踩在雪水里，我分明看到他身体在颤抖，一不小心就会被激流冲下山去，但老人还是拼命往前跨，他的左脚终于跨过了激流，我也松了口气。可是，或许是太冷，老人右手里那朵雪莲掉进了激流，真是可惜。但一瞬间我却看到老人又往回冲进激流，身体几乎要倒下去，我心头一紧，这下完了。

没想到老人竟然又重新把雪莲抓到手里，全身湿透地淌过了雪流，接着回头向我招招手，便冲回茅屋了。

等我回到茅屋的时候，看到少年正拿着那朵雪莲，少年好像哭了很久，一边抽泣，一边把玩着雪莲："爸爸，我以为你先下山了呢。"

"怎么会呢？"老人微笑着说，"等雪融了，爸爸会叫你的。"少年点点头说："那什么时候雪会融化？"老人坚定地说："明天就融了，明天爸爸就带你下山。"

我扭过头，泪如泉涌，五年了，天寒地冻，这雪该用什么来融化？我只想回家，告诉父亲我的答案。

写一封信，寄给你爱的那个人

我敢打赌，这个世界之所以会有信这个东西，是因为人类对爱的追求。在萨蒂亚教堂做弥撒的时候，我更坚信了这一点，因为，我决定写一封情书，给我身边的那个女孩。

因为一见钟情，所以要写一封信，即便我还不知道那个女孩的名字。但是，当晚回到宿舍，我便借着窗外微弱的灯光，在教堂的钟声敲到第十二声时，完成了我的处女作。

信的内容看起来可能很简单，但却包含了我的真爱。我说："很庆幸，在主的指引下，让我来到这个世界，并和你生活在一起，尽管我们同处一片屋檐下，可惜你不认识我，我也不了解你。但主知道，我爱你。我对你的爱，是无所顾忌的爱，不管在过去、现在或将来，你对我是何种态度，都没关系，当这封信寄出去，已证明我的誓言和态度。"

最后，我还极其动情地加上了一句：如果你愿意，我希望这个周末能看到你，和你在一起，不管做什么，都是一种幸福。

信写好了，我兴奋地在床上翻来覆去，想着女孩看到情书的样子，那该是多么美妙的时刻。然而，我的情书还没来得及发出去，便已挫败。

当我第二天醒来的时候，负责宿舍检查的伊娃女士已经站在我的窗前，手里拿着我的杰作，极其愤怒地吼着："马上滚到我的办公室来。"

我所在的学校是一座天主教学校，学校规定，所有学生不得自由恋爱，而我的那封情书，对于那群修女来说，简直就是侮辱。

“昨晚刚刚做了弥撒，今天一大早便出炉了这么一封赤裸裸的情书，你怎么解释？”

我没办法解释，只是在想，从今往后，我是否还有机会见到自己心仪的那个女孩，他们一定会用各种办法让我的爱情死亡，甚至，还会有更卑劣的行径。

我猜得没错，那个最老的修女，她竟然，拿着一个学校的信封，工工整整地写下我的家庭地址，梅根·福克斯先生收。然后将我的信塞了进去。他们要把我的信寄给我的父亲，简直就是无耻。

但是，我又有什么办法呢？我只能在紧张与无助中等待着噩耗。要知道，我的父亲是一个出了名的家庭暴力狂，还因为吸毒在监狱里待了三年，他拿到那封信后，一定会疯了一样将我打瘫。可是，我又不能逃，而且，我也没地方可逃。

那几天，我觉得每一分每一秒都是一种煎熬，所有关于对那个女孩的爱也烟消云散，我的爱是脆弱的。直到周末那天早晨，我才彻底解脱。

父亲直接推开宿舍的门，拉着我便往外走，很急的样子。我知道，他肯定在忍着，他要把我带到一个僻静的地方再狠狠地揍我，但我并没有反抗。

不过，意外的是，父亲带我去的地方并不像以往那样在废弃工厂旁边、小巷子里面或者公厕后面，他竟然把我带到一家麦当劳，然后，坐在我面前，握住我的手说：“儿子，谢谢你，你能够原谅爸爸，让爸爸无地自容，从今以后，我再也不会打你，更不会去吸毒，我要重新做一个好父亲。”

父亲肯定是读了我的那封情书，他竟然以为是我写给他的信，而且，还被我的情书深深打动。可是，我又怎么解释呢？我只能拿着汉堡，一个劲地点头，然后，目送父亲离开。

在后来的日子里，父亲的确变了，他靠着自己的双手，创立了自己的建筑公司，而那封我写的情书，他一直带在身上，作为奋斗的座右铭。我也再没想过要解释当初的种种缘由，更不会去要回那封信，即便要，父亲也不愿意。

我只想感谢那个修女教师，是她成全了这段真爱，还要感谢那个女孩，没有她的存在，一切的爱便只是空谈。

纹无痕，何不刻骨铭心

恩施大峡谷举行开工仪式的时候，大哥让我丢脸了，倒不是因为干修栈道这一行命贱，而是在分施工段的过程中，大哥明明排在前面，却偷偷佝偻着背跑到了最后，他胆子小，不敢做第一个修栈道的人。

要不是我第一次出门，要不是因为阿妈一再强调要听大哥的，我一定会冲向前去，拿下第一块牌子，我们苗族人从来就不是懦夫，可是，大哥瞪了我一眼，他手下的其他人也死死地拽着我，生怕我坏了他们的好事般。

当别的组在如火如荼地施工时，大哥的施工队却整天窝在一处平坦的帐篷里，还美其名曰养精蓄锐，他们真是一群怕死的人，简直不配做我们苗人，尤其是几个老板样子的人过来视察时，我分明看到他们的眼神里含着不满，透着轻蔑。

我甚至私下里去投靠了其他施工组，但人家看我还是个孩子，便一口拒绝了，说修栈道很危险，昨天刚有人掉下悬崖。

我们的施工队整整休息了一个多月，大概是实在没辙了，大哥才召集其他六个组员，假装豪气地说，怕死的还来得及。当然，没有人会在这种情况下退出。

虽然只有一百来米，但一大早走在光溜溜的铁杆上，我还是觉得心惊胆战，尤其是脚底下不断涌上一阵阵白雾，让我更有一种灵魂出窍的感觉，那些宣传口号纯粹是骗人的，这根本不是什么通向幸福的道路，越往前走，就越能闻到地狱的气息。

正当我茫然不知所措时，一声清脆的敲打声把我唤回了现实，大哥已经组织人在悬崖上凿洞，巨大的锤子高高举起，他整个身子向后倾斜，仿佛悬崖上斜伸出一尊雕像，那一刻，他大概已经忘记了生与死的概念，如西西弗斯般执着于属于自己的人生。

我们的施工段离露营地最远，所以，为了节省时间，也减少来去的危险，大家一早就备了干粮，中午不回去，也不休息，找个机会喝点水，便直接干到天黑。

但我对大哥的成见却并没有消除，他那佝偻着的背影与他拿起大锤的矫健体魄一直在我脑海里相互交映，哪个才是我真正的大哥？直到几个月后完工的那天，我终于找到了答案。

当那个穿着西装的老板不顾身份跑到大哥面前，当着众施工队大声说："阿江不愧是阿江，每次都挑离安全地带最远的栈道。"从那位老板的口中我才知道，大哥为了照顾施工队里年纪普遍偏大的其他队员，每次都会故意选最艰苦、最危险的栈段，那天他不是逃避责任，而是勇挑重担。

发了工钱，老板意犹未尽，他告诉我们，又接了江西上饶一段栈道，看大家愿不愿意继续干，有钱，谁又愿意放弃呢，大伙一窝蜂地拥了上去，原来，每次参加施工前，他们都会提前签协议，其实就是生死状。

真正感动我的时刻便在这里，当前面的组员都顺利地在那台机子上按下指纹，大哥却怎么也不能认证成功，因为他十个手指头的指纹全都磨破了，连一条纹路都分不出来，众人一阵哈哈大笑，最后大哥没办法，只好把鞋子脱掉，勉强才用脚趾头完成了他的身份验证。

大哥低着头回到人群，一句话也不说，拉着我便走，直到背后没了丝毫喧哗，他才深深地叹了口气，对我说："今天大哥让你丢脸了。"我知道，他是说按指纹的事，可我又能说什么呢？！只能强忍着泪水往一侧看，假装在寻找属于我们的那段栈道。

母亲的另一个名字，叫卑微

其实母亲是一个很强势的女人，可惜，我对她的认识来得太迟。

我一直以为，母亲之所以不敢在我面前哪怕大声地说她的意见，是因为如今的我已小有成就，在这个家里，我的话才是真理。所以，很多时候，连妻子都有点看不惯我的作风，认为太霸道，那是一种不孝顺的行为。

毕竟是受过高等教育的人，对于母亲，我还是愿意尊重她，哪怕给她带来一点小小的快乐也好。可是，无论我怎么努力，在这座繁华的大都市，她就是不适应，无论做什么，都显得格格不入。

我很难理解母亲，她为什么总是怯怯的，即便有我在身边，她拿着西餐餐具的手依旧有点颤抖，低着头，不时地看我一眼，引得服务生一脸惊讶，真是让我受不了。我曾不止一次告诉母亲，这个城市是属于我的城市，你想吃什么只管说，想到哪里玩只管去，是时候让我照顾你了。可母亲呢，宁愿待在家里看电视，也不愿意去看看外面的花花世界。

妻子买了一台电脑回来，她说，母亲以前是小学教师，学电脑应该没问题，只要熟悉了网络，以后就会好多了。我同意，所以，儿子便成了母亲的计算机老师。

可惜，不知是儿子没耐心，还是母亲不喜

欢，母亲就像被这个时代抛弃了般，无论我们怎么努力，她总是那样傻傻的，按照她的思维做着她的事。

不知从什么时候开始，我放弃了对母亲的“培养”，她像一个卑微的仆人，从我出生那一刻起，便每天忙忙碌碌地为我的成长而奔波，直到我成家立业，她依旧在想能为我做些什么，只不过，如今的我不需要她任何帮助。

我当然错了，就在那个周末，当我兴致盎然地开着车带着全家人去公园玩，一群地痞开着摩托车朝我撞来。完全是一场阴谋，他们要敲诈我。这种事我已经司空见惯，最好是花钱消灾，可母亲不愿意，五十多岁的她硬是拦在地痞面前，那架势，大概是要拼了。

我很奇怪，为什么警察来得这么及时，后来才知道，在那群地痞出现的第一刻，很少用手机的母亲已经拨通了“110”，而我这个一家之主，这个新时代的成功者，在关键时刻却慌了神。

回家后的母亲依旧是那么傻傻的，弯着腰做她的事，就像一个永久免费的仆人，我看见，妻子的眼睛已经红了。母亲，其实她有另一个名字，名叫卑微，这个世界最强势的卑微，因为在关键时刻，母性的力量是最伟大的。

天若有情，必有人间正道

在父亲的世界里，父亲算得上是一个有头有脸的人物。我的世界是父亲世界的一部分，所以，在我眼里，父亲是一位伟大的父亲，当然，这只是过去岁月的过去式概念。

但无论过去有多远，世界变化又有多么大，父亲前面那个伟大的形容词从未在我心里有那么哪怕一丁点的动摇，简单点讲就是，我爱父亲，更敬重父亲，一直都是。

所以，几十年后，当我把父亲接到自己在城市里的家，看着父亲什么都不懂，我并没有像其他人那样只是让老家的父母小住几天，看看热闹后便哪里来又回哪里去，而是铁了心地要把他留在这个属于我的城市，就像我小时候他照顾我一样去照顾他。

父亲对我的照顾，严格意义上来讲应该是教育，他说，男子汉应该抬头挺胸，目不斜视地走在道路的中央。如果我再低着头踩在路边的烂泥里，就不配做他的儿子。这话虽然已过去这么多年，我却从未忘记，那时的我正当年少，看着村子里的人看到父亲便恭敬地打招呼，只觉得父亲说的都是对的，我要做的只有两个字：服从。

从某种意义上来讲，我的服从让我获益良多，按照父亲的计划，在别的小孩放牛砍柴时我在读书，在别的青年结婚生子时我正创业，所以，今天的我也算得上一个响当当的人物，至少在我的公司里，还没有人看到我不恭恭敬敬地叫一声经理的。

可是，人生之中总有许多巧合，我怎么也没想到，父亲来后，我首先要做的竟然也是教他如何走路，更夸张的则是内容恰好相反。我总是说，爸，走路要走路的一侧，尽量靠边，眼睛要四处看，老是挺着腰跨着大步是很危险的。而父亲呢，父亲总是点头，说记住了，可还没到下一个路口便又走到了马路中央，搞得后面的司机拼命按喇叭。

我知道几十年的习惯不容易改，更何况父亲毕竟上了年纪，我只能打电话把乡下的侄子也叫来，让他全天候地跟着父亲，这样一来我和妻子都可以安心工作，父亲也算多了个伴。可是，我终究是忽略了生命的悸动，侄子正值青春年华，面对外面的花花世界，他又怎么会安心守护在一个满头白发的老人身边？所以，正当他玩得不亦乐乎的时候，父亲便出事了。

我是从派出所把父亲接回家里才知道，因为父亲习惯性地又一次走在大路中央，竟然导致了整条大街堵车两个多小时。那天晚上，父亲闷闷不乐，我便安慰他，这是因为城市交通管制太差，不要放在心上。可父亲却只是摇头叹息，直到半夜三更，我在睡梦中突然被父亲的哭声惊醒，赶紧问他怎么了，却只见他一把抓住我的肩，一字一字地对我说："正道，你放心。"

我完全没弄明白这五个字的意思，但自从那天后，我发现父亲特别遵守交通规则，即便在没有车辆行驶的大道，他也总是小心翼翼地走在路边，还不时提醒我们小心后面有车。我和妻子看了只觉得好笑，看来小侄子可以解脱了，而我也可以彻底放宽心。

然而，我错了，错得痛不欲生。生活不仅会创造许多巧合，还更会捉弄人的命运，就在我放宽心的第二天，派出所又把我招了过去。不过，并不是父亲又搞出什么大堵车，而是在那条康庄大道上，一辆红色的小轿车带走了父亲，永远带走了他，我的父亲。

我没有流泪，因为流泪根本就无法宣泄我的愧疚，警察在勘察现场后告诉我，父亲没有违反交通规则，而且，正是因为他不违反交通规则才会被撞。那辆红色小轿车看到一大群人突然斜穿出来闯红灯，实在不敢撞上去，可又刹不住车，所以只好打方向盘右拐，而右边的位置上，父亲一个人正傻傻地等着绿灯。

如果不是我对父亲进行关于走路的教育，如果……我实在不愿意把如果后的种种再想下去。生命诚可贵，可贵的又何止是生命？这个城市背叛了父亲，可我却仍然离不开这个城市，我只能在生命中的些许时候，沿着父亲曾经走过的路，寻找一种名叫正道的东西。

我问身边的妻子，我能做到吗，她看了我一眼，告诉我，天若有情天亦老，人间正道是沧桑。说着，便紧紧把我抱住，任凭身边川流不息。

寂寞的花，这辈子都不会凋谢

父亲不爱花，因为我喜欢，才摆弄起花卉来。

年初，同学从江南给我带来一盆水仙，我看了爱不释手，整天在院子里摆弄，没想到父亲也兴致盎然地跑来当助手，说这花的确不错，他喜欢。

我特感意外，忍不住沉吟："大波相拍流水鸣，蓬山鸟兽多奇形。琴心不喜亦不惊，安弦缓爪何泠泠？水仙缥缈来相迎，伯牙从此留嘉名。"

沉醉于花的我根本没有注意父亲的表情，等念完了，才发现他一脸茫然，等我叫他，立马又热情地给我递水过来。

可惜，还没来得及等水仙花开，我便奔赴学校了，花再美，也比不上男友在学校的深情呼唤，更何况马上就要毕业，我得去准备功课，哪有时间再顾及一盆花的独自盛开。

在学校的日子里，我几乎忘了自己的水仙，时间排得满满的，即便和父亲通电话也显得心不在焉，总是草草几句，连问候都省略了。

直到有一天，同学生日，谈及花语，我才知道，水仙象征着对亲人的思念，我内心一震，暑假都没回去了，父亲在家里过得怎么样？

拨通电话，父亲依旧亲切地问我过得好不好，这次我没有敷衍，而是反问他在家好吗，父亲一顿，接着便说自己过得很惬意，整天和老朋友在外面散步下棋，我还要问，他却说要去钓鱼，不影响我学习了。

我挂了电话，长长地吁出一口气，母亲早逝，但父亲毕竟还是能照顾好自己，这样我便放心了。

临近春节，我终于与一家公司谈妥，过了年便签合同，所以轻松地往家赶，打算给父亲一个惊喜。可打开家门，父亲却不在，莫非又去钓鱼了？也罢，自己先转转。

我是在后院看到父亲的，他佝偻着背正对着那盆水仙出神，旁边放着一壶水，正是当初我拿来浇花的那壶，我轻声叫父亲，他却没一丝反应，如痴如醉的样子像极一座雕像。

我心底一酸，泪水止不住地往下流，同学说得没错，水仙象征着思念，我早就应该想到，父亲退休后根本就没什么朋友，那些所谓的钓鱼棋牌都是他在骗我，父亲过得并不好，他很孤独，陪着他的唯有一盆水仙。

这么冷的天气，我看见，水仙竟然还盛开着花朵，父亲该是花了多大心思，可我知道，他所做的这一切，并不是对花情有独钟，而是对女儿有着无比的思念。

父亲终于发觉我回来，他嘴上质问我为什么不打声招呼，脸上却盛开了比水仙还灿烂的花朵，不等我解释，便跑去买菜了，留下我一个人怔怔地站在院子里。

我来到水仙前，静静地抚摸它的花瓣，告诉自己，那份合同到此为止，我要待在家乡，做一盆永不凋谢的水仙。

且行且爱，方能足够珍惜

汉德森行成年礼那天，伯德丽夫人第一次流下了眼泪，这让一旁的邦德先生惊诧不已，汉德森到底又说了什么伤害自己母亲的话？他无法容忍在这样一个特殊的日子里还发生这样的事情。

当然，在发难之前，作为圣安德鲁中学的董事，邦德自然会思考许多问题，比如说，汉德森其实是非常可怜的，从出生那一刻便失去了母亲，直到六岁那年才有一位后妈，几乎所有师生都知晓，这位后妈对汉德森特别上心，因为在无数个日子里，大家都能看到，一位来自北卡罗来纳州的彪悍女人静静地守候在校门口，只因孤僻的汉德森第一次来到这所学校，她不放心。

可是，就是这么一位简直有点溺爱汉德森的后妈竟然出了车祸，和她的丈夫一起。那一年，汉德森十三岁，瞬间仿佛回到了冰河世纪，在医院里整整躺了半个月才“哇”地一声哭出来。

不过，当地政府很快为汉德森安排了又一位后妈，她就是伯德丽夫人，一位来自英国的贵族后裔，第一次与汉德森见面是在一家中国饭馆，汉德森毫不否认，他夹起一块厚厚的肥肉，不是放在伯德丽夫人的盘里，而是直接往她嘴里塞。后来他常常骄纵地对伙伴们说：“她的嘴被塞得很大很大，口水直往下流。”

那天，他用尽一切办法去嘲笑这位不速之客，当然，没有人知道他省略了一个细节，那天，伯德丽夫人确实被他弄得很狼狈，但在众多食客的围观下，这位贵夫人竟然硬是把那块肥肉吞进了肚子里，还说了一声谢谢。

但这并没有改变汉德森丝毫，在以往的许多天，许多年，无论伯德丽夫人如何表现自己的真爱，汉德森硬是不屈服，不认同，他总是用尽一切办法去反抗，去告诉身边的人，他讨厌这个女人，她没有资格做自己的母亲。

可这到底是为什么呢？邦德先生也问过这样的问题，你的母亲到底哪点做得让你不满意，你又为什么要用那些极尽伤害的方式去解决一切与她有关的问题？汉德森没有作任何回答，这是他一贯的伎俩，仿佛这个世界于他而言毫无意义一样，所有人都欠他的似的。

汉德森在这几年到底做过多少针对伯德丽夫人的举动，估计连他自己也记不清楚了。而身边的人也已渐渐习惯，不仅看汉德森有着异样的眼光，就连看到伯德丽夫人也躲得远远的，觉得这对母子都是那么特别。

只有邦德先生知道，自从汉德森来到他的学校之后，他逐渐发现，汉德森虽然偏激，但伯德丽夫人却是一位卓越的夫人，她的言语，一举一动都有着贵族的风范，而她对汉德森的照顾也有着十六世纪皇家的生活影子。

邦德先生断定，遇到伯德丽夫人是汉德森这一生不幸中的大幸。所以，他开始用心去引导这位叛逆的学生，哪怕很多次被挫败，他都没有放弃。

皇天不负有心人，经过多年的洗礼，汉德森终究是长大了，他以优异的成绩被英国剑桥大学录取了，而在毕业典礼行成年礼那天前夕，他主动邀请了伯德丽夫人和自己一起参加。可是，谁又会想到，他竟然旧病复发，在这种场合，他对伯德丽夫人耳语一会儿，惹哭了伯德丽夫人。那一刻，邦德心灰意冷。

在仅仅十余步的距离里，邦德先生想了太多太多，他决定彻底放弃汉德森，甚至想着取消他的毕业资格，然而，一阵掌声打断了他的思绪。主持人恰好按照邦德先生之前的安排，邀请伯德丽夫人上台讲话。

如果不是伯德丽夫人坦诚而真挚的语言，如果不是自己在这十余步的距离里反复回想了许多许多，邦德暗自抹了一把汗，自己错怪汉德森了。因为伯德丽夫人在台上讲，她理解儿子所有一切的举动，只因他爱这位陌生的母亲，因为爱，所以害怕失去，因为害怕，所以永远是那么冷漠。

而汉德森对伯德丽夫人到底说了一句什么话让她流泪？邦德先生回到家里后还久久不能平静，“妈，我一直很爱你，只是因为爱，才冷漠。”他决定把这句话告诉自己的所有学生，让他们知道这个世界有这样一种特别的感情。

人生只为两行泪，半为苍生半女人

两行眼泪在女人脸颊上滑过，这已不是第一次。

当然，男人不知道。这是可以理解的，一些细腻的情感，从两性学的角度看，女人天生是强势的，哪怕这个男人自己都还没有觉察到，她身边的那个女人却早已明察秋毫。此刻，女人心如刀绞，她知道一定有问题，但却无法得知问题所在。

默默流泪的女人在骨子里是刚性的，这也是两性学的原理。所以，尽管女人很伤心，她却还是选择了最古老的反击方法，跟踪，找证据，只有弄清楚真实状况，才可以确定自己应该下多大赌注。

可惜，男人是聪明的男人，无论她掩饰得多好，只要那种细腻的感情外化出来，化作了一丁点风吹草动，他便能嗅出来，接着便是反击，手段一如初恋般，无论女人愿意不愿意，直接被挤在墙角，接着便是步步紧逼，不给女人半秒钟的思考空间，最强硬的身体占据了失控的灵魂，男人说，爱她。她便放下了一切警惕，丢掉了一切包袱，只想好好爱，和这个男人。

这似乎是女人的一种通病，只要有那么点手段的男人都会用，而且屡试不爽。这些女人不是不知道，但知道和行动往往有很远的距离，很多时候，女人很想就这么算了，男人，毕竟是男人嘛，如果连自己都征服不了，这个男人还值得自己去爱吗？真是两难困境，女人狠狠地按了一下遥控器，电视屏幕上的男女瞬间消失，她也一下子空虚起来。

空虚的女人一般会做两件事，一是去找自己的男人，二是打电话给闺蜜。可惜，男人不接电话，而闺蜜呢，接了，可说话气喘吁吁，还夹杂着男人的声音。她心里一惊，便赶紧挂了电话，该死的，除了空虚，无聊也接踵而至。

所以，女人开始整理房间，翻翻那些过去的点点滴滴，这虽然不能填补某种空缺，但却是最好的时光切割机，一分一秒，在你毫无知觉中化作尘埃，再也找不到。当然，女人不会去找，她现在只想男人什么时候回来。

然而，半夜时分，当男人真的回来，还兴致盎然地扑过来时，她却已失去了所有兴趣，女人真是一种奇怪的动物，你可以在那片老城墙下赤裸裸地征服她，但也有可能在温馨的那张床单上被彻底打败，男人发现，无论自己多么激情四射，即便把箱底的绝招拿出来，女人却还是一动不动，不拒绝，更不配合，任凭你摆弄。自然，这样的女人谁也摆弄不了。

这简直就是耻辱，男人一脸的疑问，他平静地问女人："怎么了？"女人终于动了。

女人的手伸到枕头下，接着拿出一个古色古香的木盒，里面放着什么，男人一清二楚，因为这是他收藏了二十年的东西。

"谁的头发？"女人很直接，问得很有底气，当一个女人找到一个男人的犯罪证据时，往往会一下子变成审判官，如果你有丝毫隐瞒，她便会给你判刑，一年冷战，两年分居，一辈子冷宫，当即死刑，这些都是有案例可循的。

男人应该怎么解释？这是一个世界难题，但只要是题，便有解开的方式，就像女人的内衣，无论解开它有多么曲折，男人都会用心去解，而且，还要快。两性学里特别强调了这点。

那么，对于这个木盒，以及木盒里那丝秀发，男人到底怎么解释？在公布答案之前，我们先打个赌，从今以后，你一定会特别关注那些会讲故事的男人。

“二十年前，我的母亲为了送我上大学，剪掉了她那一头秀发卖掉，我偷偷留下了一缕，只想永远记住她，知道吗？”一个男人的一生中有两个女人，一个是他母亲，另一个便是他妻子，所以我特别喜欢一句诗：人生只为两行泪，半为苍生半女人。

父亲的仇人，我们的爱情

他是父亲的仇人，因为他从父亲手中夺走了我。

显然，你已经很明了，他是我的丈夫，一位来自南方的商人。而我的父亲，有着北京人的无上优越感，在我第一次提及他的时候，父亲便极力反对，倒不是因为他的条件不好，而是更深层的原因，按父亲的逻辑，那属于家族的宿怨：一位南方商人曾骗走祖父所有盘缠，以致祖父客死他乡。

我不想花太多时间去追究历史，而且，我也从未把自己放在很高尚的位置，从骨子里讲，我只是想做个女人，有点爱情，有点浪漫，尽管在父亲眼里那都是不检点、不道德的贱女人行为。

然而，我终究是偏向了他，义无反顾地乘上南下的列车，为什么父亲就是不能接受一个南方的商人，为什么？当列车经过黄河，我有种强烈的预感，他们俩之间的关系，或许会像黄河的水一样，那色彩永远都不会改变。

后来，当我已经是三个孩子的母亲，当报纸上报道，黄河的水开始变得不那么黄时，我的父亲，他却从未在自己的尊严面前低过头，他说过，绝不会承认那么一个女婿的存在，更不会踏足南方的那座小镇。

我是有回北京看过父亲的，带着家乐，我的小儿子。虽然父亲不承认女婿，但却很喜欢小孙子。那样子让我很欣慰，毕竟，这是两个男人和好的一个重要契机，我得做好这项工作。

电话是我拨通的，然后把话筒递给父亲，至少客套几句嘛，可父亲一句话也没说，一脸严肃，只听到电话那头的丈夫一个劲地在说什么。说什么其实并不重要，只要说了，便是进步，我轻轻吐了一口气。

然而，我错了，当两个男人为尊严、为价值、为取向而产生分歧时，绝不会因为一个女儿、一个孙子、一个妻子此类借口而实现所谓的“求同存异”，我完全错了，他们之间的矛盾进一步加剧，而导火线到底是什么，谁知道！

父亲一生都未认可自己的女婿，但当年华逝去，父亲悄然离去，我却不得不带上丈夫，一起料理父亲——这位京城人的身后事。事实上，这种事我根本处理不了，丈夫说是陪同，其实就是他一个人在操办，包括他不愿去的一些地方，因为父亲的遗愿，他也不得不去了。

那天，离开墓地，坦白地讲，对于丈夫的关心，那一刻，已然超越了对父亲的怀念，这让我心里极其惶恐，只能使劲地想着话题，希望打破寂静的僵局。

我停下来，看着丈夫大步向前，好一会儿才回过头，发现已与我拉开好长一段距离，但他并没说什么，依旧是那么大步地走过来，一如第一次遇见他一样，我的手被他抓在掌心，然后，我被搂了过去，被带进了街旁的一座基督教堂。

丈夫第一次告诉我，他与父亲之间，其实在很早以前，便有过一次较量，同样是在电话里，父亲说，见个面。丈夫说好。从丈夫的神情可以看出，他很沉醉，在寂静的教堂里，说：“我们谈到天气，北京同潮汕的温度相差二十度。”

我终究是明白了真相，原来最初是丈夫拒绝了父亲，他说那个时候很烦，很焦虑，也不知为什么，找了个温度差的缘由，便终结了一个家庭可能的和睦相处。

温度背后的原因到底是什么，我并不愿意去追究，即便丈夫想说，我也不愿意再听，幸好，他站起来，走出教堂，我静静从后面抱住他，任凭他抬头望着天空，想什么呢？真希望他像狮子一样，怒吼几声，把那隐藏在内心深处的东西赶走。

请你收买我，如果你爱我

收买是一个非常难听的词，它总是与出卖联系在一起，而谈及出卖，往往又与一些更严肃的词有扯不清的关系，比如国家、民族，还有灵魂。

我一度认为，自己被收买的事情，与国家无关，尽管那个女人来自葡萄牙，在很多人眼里，那是一个放荡的地方，至少那个时候，也就是我的孩提时代，母亲是如此教育我，那是一个非常邪恶的地方，所以那里的女人同样妖娆，她们会像奥林匹克山上的那条毒蛇那样蚀食优秀的男人。

父亲是一个优秀的男人，母亲这么评价过。但后来的更多岁月，父亲变成了一个薄情寡义的伪君子，当然，母亲从未承认这是因为爱情的伤害，而总是激情昂扬，从教育变成辱骂，一个男人怎么可以忘记法国佬当年对自己民族的杀戮。

然而，父亲就像中了爱情的毒一样，尽管他曾多次强调、发誓，从未改变过自己的忠贞，更未动摇过自己的理想与价值，我是爱国的，更是爱你的。父亲总是在激烈的争吵中辩驳。

可惜，当这种辩驳变得软弱无力，当那个法国女人，我知道她的名字，艾卡卢，竟然光明正大出现在家里的客厅时，母亲转身而去，父亲却并未跟着跑出去。更可怕的是，这个法国女人，当她微笑着给我戴上一串精致的项链，看着她的脸，我有种喜欢的冲动，这个女人其实并不那么讨厌。

父亲说，不好意思。艾卡卢却只是微微一笑，她的声音很美，根本没有把母亲对她的怨恨放在心里，她甚至摸了摸我的头发，告诉我，要带我到最好的法兰西理发店。“你是一个美人胚子，”她说，“真好。”

我就这么被她收买了，并不仅仅是一串漂亮的项链，更多的是感觉，我的脑海里甚至没有出现母亲的影子，这很可怕，而且，我有种预感，母亲完了。

是的，在一场超级吵闹之后，我的母亲回去了圣保罗的一个小镇。我以为，艾卡卢战胜了，她用收买的方式完成了对一个男人，一个家庭的征服。然而，我错了，这个女人并没有如我想象般入住“卡德罗穴”，甚至在很长一段时间，她没有出现在我的视野里。

直到那一年的秋天，我曾一度怀疑，是母亲的诅咒带来了海啸，可惜，海啸并没有带走她憎恨的女人，反而误伤了她自己。因为，当她得知我被一截树枝压折了右腿时，冒着风雨，她奔回了里约热内卢。

我必须得承认，母亲是无能为力的。因为这关系到我在以后的感情取向。如果不是艾卡卢，这个葡萄牙女人把我送到医院，我想，自己失去的可能便不止是一条腿，看着父亲，还有母亲，他们都从远方回来，我一句话也没能说出口，当然，这并不代表我不爱他们。

母亲第一次低头，为我向她仇恨的女人道谢，但仇恨却并未因此而消失。因为在不久后，她又和父亲吵开了，不容任何解释。也就是从那一刻起，我打算离开巴西，去欧洲，到葡萄牙去寻找心中的答案。

或许，我所感悟的并不是真实的，但从内心深处，对于艾卡卢，却是有偏爱的，我痛恨自己有这种想法，觉得自己对不起母亲，但当岁月沉淀，时光推移，这些关乎伦理、道德、民族的问题一直缠绕在我心，从缠绕到有序，慢慢变得清晰。

其实母亲的失败并不是在爱情上，更不是在家庭上，很多时候，我们并不知道，自己缺少的只是那么一丁点包容之心，巴西一直流传着一句古语：太平洋与大西洋不会冲出海啸，因为它们会互相包容。

我爱母亲，也爱父亲，但我确确实实对艾卡卢，这个女人有更多的偏爱，我被她收买了，我承认，只要有一颗包容世界，打动我的心，任何人都可以收买我。所以，在葡萄牙的日子，我心里常说的一句话便是，请你收买我。

水是一面镜子，爱是一面旗帜

父亲在一次出海中，遭遇了大风暴，死里逃生回来的村民都说，亲自看见父亲被卷进了巨浪，自此，母亲的生活变了，开始信奉起鬼神来。

其实，母亲是一位老师，一直以来，她都会非常客观地看待外在世界，我清楚地记得，她曾在课堂上细致地讲述海浪的形成，遇到飓风时如何用科学的方式应对，她在我心里，是一位伟大的无神论母亲。

但是，自从父亲离开后，她变了，尽管那时候我还小，但依然看到一些细微的变化，比如吃饭的时候，不再允许我把鱼翻过来，她说，那样子妈祖会生气，会把自家打渔的船儿掀翻。我撇撇嘴，点点头，心里觉得非常不舒服，觉得母亲并不是忌讳打渔，更不是崇拜妈祖，而是害怕奶奶的眼睛。

以前，每次父亲打渔回来，总会把奶奶接过来，全家聚在一起欢快地庆祝一番，奶奶总是慈祥地摸着我的头，还夸母亲的手艺好，而母亲则会把鱼肚子下那块肉夹到奶奶碗里。

父亲不在后，奶奶还常来，但眼神却变得犀利起来，看到母亲，便会异常严肃而神秘地说："昨天妈祖又托梦给我了，说我们家天儿缺吃少穿的，好可怜呀。"奶奶那样子看得我全身一阵颤抖。

天儿就是我的父亲，每每遇到这种情况，

母亲便会把身上所有的钱给奶奶，让奶奶买了东西去祭祀，虔诚地像个愚昧的教徒。稍大些的我有时候也会跟母亲说，这样子好像不对，可母亲却总是说，小孩子别乱说话，妈祖看着呢。

在我的记忆之中，那些日子，奶奶的梦好像从未断过，直到母亲把父亲留下的最后一张渔网交到奶奶手里。我想，如果不是母亲有一份教书的行当，我一定连饭都没得吃，所以，我恨透了妈祖。

但世间总有这么多奇妙的事情。五年后，在一个海阔天蓝的日子里，父亲竟然回来了，乘着一条大船，西装革履潇洒地回到家里。那一刻，我看见母亲眼泪一个劲地在流。

原来，父亲被海浪卷走后，凭着一口气硬是撑着在海上漂了三天，终于幸运地被路过的一艘运输船救了起来，随之跟着运输船到了西班牙，人生地不熟的父亲为了回家，先是做了一阵搬运工，后来干脆跟着运输船做了水手，这一做便是五年，终于赚够了回家的资本。

那天，家里做了满满一桌子菜，一是为父亲接风，二是感谢妈祖的护佑。在海边，奶奶拉着我跪在地上三叩九拜时，母亲却只顾自己在旁边不紧不慢地收拾，一点也没有要祭拜妈祖的意思。

我终于明白，母亲还是那个无神论者，她过去的虔诚并不是对那个虚无缥缈的妈祖，而是对父亲的母亲——奶奶的一个交代。

奶奶近乎无情的固执，那一个接一个的梦曾一度让母亲过得很艰难，所以，当父亲出门后，我也会悄悄地问母亲，是不是对奶奶很不满，可母亲却只是笑着说："傻孩子，怎么会呢，有些事你不懂。"

对于妈祖托梦这件事，我一直没能释怀，曾经，我也想过直接问问奶奶，看她怎么回答，但终究是没能说出口，直到后来，长大后，等我从海外归来，在奶奶的坟前，父亲才对我说："不要怪你奶奶，当年，她只是不想让你母亲一个人那样孤苦地熬一辈子，她最爱的就是你呀。”

从那以后，不知为什么，妈祖在我心里便占据着越来越重要的地位，我会在每一个祭祀的节日里虔诚地朝拜她，我坚信，奶奶能够听见我的心里话。

忠贞，今夜请将我遗忘

她怎么也无法相信，丈夫会不忠。

其实，在过去的许多年，丈夫对她是绝无二心的，可谁会想到，一个拥抱就把美好的爱情击打得支离破碎。

这是一个什么样的拥抱，她也曾辗转反侧整夜地想过，可是，她就是想不明白，到底哪里出了差错呢？丈夫对自己并没有不好。

有时候，她觉得就算了吧，都老夫老妻的了，就算丈夫真的有那么点故事，那也是一个男人在生命中的一个小插曲，过去后，至少他还是回来了，在自己身边，从未有要离去的迹象。

但是，只要感情出了轨，哪怕只是一个小小的拥抱，一旦让一个男人灵魂出了窍，即便肉体还在，但那些爱，那些思念，却已经属于另外一个人。

这到底是一个怎样的拥抱呢？她不知道，只是有一次，他站在窗口泪流满面，说，那个拥抱，他的表情极其复杂，绝对不止是一个拥抱这么简单吧？要不然，怎么会让他如此纠结，如此难以忘怀。

她问，可是他总是不回答，一个字也不愿提，只是在情绪激动时，才冲动地说："我对不起他们一家，愧对他们啊。"

那一刻，她心灰意冷，丈夫终究是背叛了自己，竟然对别的家庭造成了伤害，那个拥抱到底有多大，有多久，会如此深深地刻在丈夫的心里，那个女人，她也像丈夫一样百般牵挂万般思念吗？

时至今日，她觉得，自己和丈夫连同床异梦都算不上了，因为不知在什么时候，不管是出于生理还是心理的原因，他们就不睡在一起了，年纪大了，不知为什么就喜欢一个人躺着，躺着思考这一生的点点滴滴。

她还来不及向丈夫质问什么，丈夫却突然病倒了，医生说，是心病，这种心灵上的折磨只能靠他自己。

她既恨又心疼，看着丈夫日渐憔悴，忍不住发问："那到底是怎么样一个拥抱？难道你到死也要把秘密带去棺材？就算你真的做了什么，这么多年了，难道还不相信自己的结发妻子吗？"

他挣扎着站起来，拉着妻子的手，说："跟我走。"他们蹒跚地走到城郊，秋风卷起几片落叶，一丝凉意袭来，她紧紧靠着丈夫，好像又回到了昨天。

直到一座坟头，他才说，那一年，那一天，他和老战友在那一刻紧紧拥抱，老战友气息奄奄地对他说，照顾好大嫂，还有孩子。他虽然没有看到战友祈求的眼神，但从战友抖动的肩膀知道，那是一种无法拒绝的嘱托。

战争带走了战友，那个拥抱永远留在他的心里，可是，这么多年，他却没办法答应战友的要求，他不能娶嫂子，因为他也有爱人，因为爱，他只能对不起那个拥抱，对不起另一份本应承担的爱。

那个拥抱没有带走丈夫的忠贞，它只是增添了一分思念，还有责任。

宿敌，让你努力到睡不着的人

二十年后的今天，我终于可以扬眉吐气，去见见我的敌人。

不怕大家笑话，这个人是我的父亲，虽然他从未像个父亲那样对待我。

我小心翼翼地开着自己的路虎车，尽量不要让路上的牛粪弄脏了自己的新车。想想，当初就是在这里，我一个人愤然离家出走，他竟然毫无挽留之意，后来，是母亲半夜搭别人的拖拉机跑到县城把我硬拉扯回来。

我不敢说父亲对我有没有感情，但至少是极不公平的，明明是我的语文课外阅读书，他硬是要宣布，这本书供班上所有同学阅读，所以，当那本书转了一圈回到我手上时，已经是破烂不堪，上面还沾着牛粪。

我自信，自己是比别的伙伴们聪明的，这是我的努力所得。但父亲却一次次把我说得一无是处，认为我所谓的那点长处，根本算不上什么，别的孩子平时都无暇读书做作业，只有我因为有个教书的父亲，才不需要每天去田地里奔波。

他不以我为荣，即便后来的我考上大学，他也只是点点头，说，去吧，毕业后再回来。我确确实实无法接受，等我毕业那天，他竟然真的要求我回家，接他的班。

我是狠了心离开的，尽管在外面打拼的日子很辛苦，尽管这二十年基本没有给父亲打过电话，但我发誓，总有一天，自己会成功，当再次回到家乡时，一定让这一生命的宿敌低头，看看到底是回到家里教书好还是去外面收获多。

羊肠小道还是以前的羊肠小道，但之前的那些小伙伴们，我却一个个都不认识了，物是人非，这一出神，却发现车子陷进了一大水坑里。我略带兴奋地喊："老乡，来帮帮忙吧。"这个世界变化真的很大，竟然没有人回应，无论我怎么喊，他们却总是投来鄙夷的眼光。

没有办法，我只能大声询问："能不能帮忙叫一下谢老师过来？"谢老师就是我父亲，虽然他在我心目中仍是宿敌，但今天我回来了，其实，他也是我最想见的人。

"什么？你找谢老师！"那个村民扬臂大呼，"大家快来帮忙，他是来找谢老师的。"不过片刻，我的车子就被他们从深坑里推了出来，几个小孩已经前去找谢老师报信，而我则在村民的指引下，慢慢驶向那熟悉的家门。

成功又如何，那一刻，我觉得自己输得很惨，这辈子再也赢不回来了。但愿那个宿敌，那个父亲，能够原谅我。

今天，请您祝他生日快乐

飓风刚刚横扫过这座城市，格雷森走在路上，将一卷钢丝挂在胳膊上。今天是一个非常重要的日子，因为飓风使工程拖了很长一段时间，今天整座恺撒帝国大厦终于要封顶了，也就是说，他们完成了这项工程，不仅可以拿到不菲的奖金，还会去狂欢一番。

不过，格雷森心里并没有想着狂欢的事儿。今天是自己的生日，他想早点儿回家，拿着厚厚一沓奖金，给妻子一个惊喜，对了，还要为自己买一个大大的蛋糕。

想到这里，格雷森便特别开心，将胳膊上的铁丝滑到手臂上，望空中一转，哼起了乡村小调。

“格雷森，生日快乐！”

谁在叫自己的名字？格雷森抬头一看，原来是自己的大老板，没想到老板这么细心，竟然会查询自己的档案，还记住了自己的生日。“谢谢，泰迪先生，今天是个好日子，难道不是吗？”“是的，你可要好好干，我们都看好你。”然后，这位大老板便笑呵呵地走了。

格雷森还没有从刚刚的祝福中反应过来，在大厦楼下，一位工友远远地便同他打招呼：“格雷森，生日快乐！”

为什么连他都知道自己的生日，格雷森憨厚地笑笑，说了声谢谢。他想，或许是自己那天一起吃饭的时候，不小心透露了自己的生日，这也是常有的事儿，不过，人家能记住，说明这哥们儿值得交往。

格雷森将一圈铁丝放在地板上，戴上安全帽，走进大厦，工友们正在赶工，一块水泥板被吊到高空的时候，突然停了下来，上面写着“格雷森生日快乐”。他们竟然停下了手中的活儿，纷纷祝福他生日快乐。“谢谢，谢谢你们。”

为什么所有人都知道自己今天生日？格雷森怎么也想不通，难道是大老板告诉了所有的工人？然后还发动所有工友祝福自己？不可能，大老板是一个公正的人，在过去的日子里，许多工人生日，都没有得到这样的祝福，他不可能对自己如此厚爱，绝不可能。

那么，到底是谁透露了自己的秘密呢？格雷森脑海里一个个工友过了一遍，实在想不出谁能够发动这么多人来祝福自己，但不管怎样，格雷森还是非常开心，毕竟，这么多年过去了，还没有接受过这么多的生日祝福。

那天，格雷森永远不会忘记，当吊车将自己吊上百米高空，当工友们也一起坐上来，拿出一个硕大的生日蛋糕时，他突然特别感动，大家平时都没什么时间在一起，但同时坐在这么高的地方，为自己庆祝生日，这该是一种什么样的情谊。

当蛋糕在百米高空一份份传递到大家手里，格雷森终于还是没有忍住，他轻声地问到底是谁安排了这场特别的生日party。犹豫了好一会儿，他看见，工友们纷纷拿出自己的手机，一起读出了一条短信：您好，我是格雷森的妻子，已经瘫痪在床十年了，今天是格雷森的生日，如果您看到他，麻烦您替我祝福他，生日快乐，谢谢您。

短短几句话，在百米的高空久久回响，格雷森瞬间泪如泉涌，生日快乐，他将一块蛋糕塞进嘴里，使劲地往下咽。

忍耐的极限，与次数无关

莫名的烦躁让我有点控制不住自己，但我并不愿意跟你唠叨刚刚发生的种种，当然，你或许更不愿意听，那么，抛开前面的一切，我想以开门为起点，跟你讲个小故事。

其实，门根本就不需要开，父亲不知什么时候已坐在哪里，或许已经坐了一整天。他傻傻地朝我笑，有什么好笑的？心中的烦躁突然翻滚起来，我尽量告诫自己，不要发火。老头子今年突然就这样了，老年痴呆，岁月不饶人，这都是命。

我不得不推掉所有那些有时候我还挺喜欢的应酬，每到下班，便马不停蹄地往家里赶，同事们都说我家规好，我只能笑笑，总不能当着大伙面说我自己父亲痴呆吧。

回到父亲身上，我把包里的各种熟食拿出来，摆在桌面，然后一把将父亲的轮椅拉了个一百八十度转弯，吃东西吧，老爷子，将就点，你儿媳妇这两天回娘家了，没人做饭。我看了父亲一眼，他竟然还笑。

我把一块鸡腿放到父亲手上。吃。我说。真正让我没忍住的就在这里，父亲竟然将鸡腿摔到地上，不吃。医生说过，父亲现在的智商还不如三岁小孩，我得忍，弯腰捡起鸡腿，用水冲冲，递到父亲手里，吃吧，我都饿了。父亲再次将鸡腿摔在地上，不吃，那表情极其乖张。我洗了三次，他扔了三次，最后竟然将碗筷也摔在了地上。

不带这么伺候的，就算我妈还健在，也容不得这老头子这么胡闹，我问他到底还吃不吃了，老头子头也不回，转着轮椅便出了院子。

如果你觉得我的故事只是一场家庭纷争，那就大错特错了，故事并没有结束。看着什么都不懂的父亲，我随便扒了几口饭，直接冲出门，到隔壁找老王打麻将去了，爱吃不吃，让你挑三拣四的。

那天，我们在麻将桌上很尽兴，直至深夜，我几乎忘了父亲还一个人待在院子里，直到老王的老母亲走过来提醒我，别玩了，你父亲一个人在院子里哭呢！哭什么哭！我有点不乐意，好好的鸡腿不吃，硬是扔地上，这老头子我是没法伺候了。

如果不是老王的母亲，我想我这辈子都可能不会醒悟，在我面前，她毫不客气地说，谁没有耍脾气的时候，你以为你喜欢吃鸡腿吗？我是看着你长大的，小时候，你父亲将鸡腿夹给你吃，你是扔过不下千百次的，哪次不是你父亲捡起来洗干净再给你吃？你应该忍耐一万次才对。

听母亲说过，我小时候是有点调皮，但那天我才知道，原来自己的小脾气是那么大，而父亲曾经是那么包容。我突然觉得全身发热，自己只是帮父亲捡了三次便已不耐烦，那父亲呢？数十年的养育之恩，换来的竟然是自己如此不耐烦的态度。

那是我第一次下厨，做了一顿父亲曾经喜欢吃的晚餐，郑重地摆在桌面上，然后对着院子喊："爸，您儿子喊你回家吃饭啦！"我看见，父亲回过头傻傻地笑了。

乘时光美好，为母亲过一次生日

母亲五十岁那年，我答应回家同母亲过生日。母亲很开心，急急忙忙从百里外的农村老家赶到县城，只为给我节约时间，因为我第二天就要赶回广州上班。

但在生日那天，我却没有回去，可能是因为心情不好，又或者突然觉得好累，总之没能回去。那个时候年轻，也没多想当时母亲的处境，直到很久之后才知道，母亲五十岁生日那天，独个儿在县城过的夜，她担心我可能火车晚点，等我到天明。

母亲一定伤心透了，外公告诉我："那天你母亲坚持要去县城，你外婆追着班车塞给她一包鸡蛋，眼泪都流下来了。你这孩子可真不懂事呀。"

我是个不懂事的孩子，从小就没了父亲，因为家境不怎么好，母亲从来不给自己过生日，觉得花钱买蛋糕浪费，但我直到三十岁了，母亲也从来没忘记每逢生日给我送个礼物，她总是乐呵呵地祝福我，年年有今日，岁岁有今朝。

其实岁月真的像把杀猪刀，不知不觉中，母亲又老了许多，从五十岁到六十岁，这几年家里条件好了些，便都说要给母亲过生日，母亲一个劲地反对，过什么生日嘛，只要家里人都好就好。看得出来，母亲其实挺高兴，但六十岁的生日却依然没能办成，我孩子发高烧不退，我必须在医院全天候陪着。我在电话里说："生日照办，我晚点回去就行。”结果母亲把我臭骂了一顿：“孙子病了，还有心思搞庆生这虚玩意儿？”差点没直接奔来广州，生日也就没能办成。

我爱母亲，但却从来没有付诸行动过。这些年一直在想，以前因为小，没有经济能力，但现在大了，不缺钱了，可自己又为母亲做了什么？远在广州忙碌，工作似乎总摆在第一位，再退一步，有了妻子孩子后，便又开始因为各种家庭琐事为难，为母亲过一次生日简直成了一种奢望。

突然理解当初和外公的对话，他说：“你们怎么就不留着陪你妈过生日呢？”现在想想，如今的我爱着自己的孩子，当初的母亲难道就不是爱着自己的孩子吗？外婆那么年迈，如果不是因为爱，会追着那辆颠簸的班车跑？我为自己的提问感到羞耻。

真正下定决心要给母亲过生日，已经是母亲七十岁的时候了，母亲在电话里说，今年回来吗？我从母亲的声音里听出了些沧桑，一丝悲凉突然涌上心头，我说回，今年无论如何要给您过生日，邀请所有的亲戚朋友。

这一次，母亲没有反对，只说了一句话：“好，那就等你回来。”

我推掉了所有的应酬，带着妻儿直奔老家，甚至在路上已经盘算好，母亲七十大寿，要买寿烛，要请乐队，还要请人在老家放几天电影。母亲向来喜欢热闹，虽然她不说，但我是知道的。

即便如此，我却依然没能给母亲过上生日，这辈子再也不行了。还没等我赶到家里，便已经收到短信，母亲走了，带着微笑离开了我们。她没有留下什么值钱的东西，一生简简单单，只有一双粗布鞋格外耀眼，邻居嘀咕，怎么会有几十年前的老布鞋呢？

答案只有我知道，母亲每年都会送给我生日礼物，年纪大了，有一次我对她说，别送了，你送的这些衣服裤子，我在大城市也用不上。母亲便说，那下次不做衣裤，给你做双布鞋吧。我知道她那眼睛做鞋子比做衣服更困难，便开玩笑，行行行，你最好给我做双千层底那种，耐穿。

没想到母亲真做成了，四十二的尺码，不差分毫。我把鞋子放进自己的包里，又从包里把寿烛拿出来，摆在屋子朝北的方向，任凭烛光照耀她那已经干枯的脸，任凭泪水滴在她的床沿，那天，是我长大成人后，第一次流泪。

我不想为母亲流泪，也不允许所有的亲戚朋友流泪。母亲生日那天，我说，母亲走了，我想把今天的丧宴改成寿宴，大家都没有反对，身边的乐队奏响了音乐，曲子是《生日快乐》。

第2季

你把任务交给我，我把未来交给你

西装与衬衫之间，少的是自信

我站在镜子面前，不断地端详自己，说实话，我真的很紧张。

这次面试对我至关重要，只要打败最后一个竞争对手，那将是人生的新起点。所以，我万事力求完美，每走一步都谨小慎微。

坦白说，我有一个致命弱点，就是长相有点对不起观众，而据我的智囊团调查，本人的竞争对手来自牛津管理系，据说是个超级大帅哥。他们一脸严肃，很是语重心长地对我说："阿古斯塔·韦斯特兰公司做传媒可是要经常露面的，这个问题你要认真考虑。"

整容这种事我是不会干的，身体发肤受之父母，再说，明天就要面试了，也来不及。当然，请不要就此认定我输定了，再怎么说，我也是过五关斩六将杀到最后了，对于形象问题，仙人自有妙计。

所谓三分长相七分打扮，按威特斯的话说就是兄弟虽然经不住细看，但那副骨架还是很阳刚的，配上一套西装，简直活生生《黑客帝国》的男主角。这评价或许有点水分，但也不无道理，因为女友爱丽芬在帮我穿上那套黑色西装时，脸上那陶醉表情盖都盖不住，那一刻，告诉你，我有种：西装一出，谁与争锋的豪迈。

你们已经知道，我是很谨慎地在准备这次面试，所以，关于西装的问题，也许你们已经考虑到一个细节，没错，领带，我是否要给自己配上一条领带，这个问题让我很纠结。

女朋友是这样说的，这种面试介于严肃与轻松之间，穿西装那是一定要的，那代表着对面试的重视，但打不打领带就要看阿古斯塔考官的个人偏好了。这简直就是废话，我在镜子面前把领带打上又取下，如此反复，可谓心力交瘁。临近出门，我终于决定还是不要让西装与衬衫之间少点什么。

我西装革履，领带飘扬，但内心紧张，时不时捏紧拳头。你们一定想问我面试到底怎么样吧？不要急，作为一个过来人，我想有必要给你们讲讲我的竞争对手。

他果真是很帅，很有绅士风度，我和他虽然只是在洗手间擦肩而过，但他的一丝一毫都没逃过我的法眼，你们知道吗，他也穿一套西装，但是，他没打领带，不但没打，而且西装最上面两粒纽扣都是张开的，昂首跨步，帅到极点。

我突然有点后悔，还是不打领带好啊！我的西装与衬衫之间虽多了条领带，但却少了种洒脱，亡羊补牢，或许未晚，我在洗手间利索地把领带解了下来。

如果你认为我的举动有东施效颦的味道，我也无话可说，你也可以骂我卑鄙，但我告诉你，如果你知道接下来发生的事情，一定会原谅我所做的一切。

那个叫斯蒂芬的考官竟然叫我们两个同时进去，说互相先认识一下。我们都是读书人，礼貌性地问候还是很客气的，但当我们双手紧握，脸上却并没有露出职业性的微笑，而是一脸僵硬，可谓大失风度。

你一定猜不到，他竟然不知何时打上了领带，而他也一定迷惑我什么时候解下了领带，当然，短暂的尴尬后，我们很快恢复常态。

幸好，故事的结局是一场喜剧，我们两人都被阿古斯塔·韦斯特兰公司录取了。如今，说起那次面试，我和他总会哈哈大笑，西装与衬衫之间到底少了什么？其实只有两个字：自信。

梦想还是要有的，万一实现了呢

一场史无前例的金融危机几乎摧毁了整个冰岛，但是，在冰岛北部一个小镇，在锡尤尔骚河畔，却很不合时宜地走出一个神奇少年。

他竟然在冰岛以国家名义破产后狠狠地挖了一桶金，让那些所谓的金融大亨大跌眼镜。人们纷纷打听，这个小小少年究竟用了什么手段，竟然能在半年内吸引上千万游客奔赴锡尤尔骚河。

其实很简单，少年如实回答了媒体的问题："尽管冰岛居民没钱，甚至整个欧洲居民都捉襟见肘，但是，人们骨子里的猎奇心理永远都不会消失，我想我的邻居都知道，我们那儿有全世界罕见的冰岛鸥，这种神奇的鸟会在锡尤尔骚河对岸上演精彩的动物秀，我想，这就是看点。"

有了这个想法后，少年在整个欧洲发出上百万张邀请函，这张售价只是五美元的邀请函告诉整个欧洲，花五美元就可以被邀请前来观看罕见的冰岛鸥表演，邀请函还特别注明，如果不满意或无法观看，将退还十美元赔偿顾客。

少年的邻居都觉得少年疯了，因为当地人都知道，那种冰岛鸥表演一周最多一次，游客看不到表演，少年岂不亏得一败涂地。

果然，前来的游客大多数并没有看到所谓的冰岛鸥表演，只有少数运气好的才能碰上，在整个旅游业，很多大腕都在等着看少年如何收这个烂摊子，但是，没想到少年竟然真的按约定返还了十美元，所有没看到表演的游客都获得了这个赔偿。

这个消息震惊了整个欧洲，很多游客更是兴致勃勃地前往锡尤尔骚河看个究竟，看看这冰岛少年到底是如何化腐朽为神奇的。

在万千人的瞩目下，少年非常诚实地回答了所有问题，他告诉大家，邀请函只是门票，前来锡尤尔骚河看冰岛鸥，一定要坐船到对岸，那里的收费是每个人二十美元，价格也很低，但当成千上万的人每人拿出二十美元时，船家就发了，哦，忘了告诉大家，锡尤尔骚河那两条船早被他包下了。

原来如此，二十美元去掉十美元，即便所有人都要求赔偿，少年还是狠狠地赚了一把，非常简单的道理，却被一个少年玩得如此精彩。冰岛媒体报刊大量报道了锡尤尔骚河，还有这个少年，鼓励全岛居民向少年学习，放开思维，勇敢地去挖掘潜藏的经济价值，希望在不久的将来让冰岛经济重新崛起。

其实，要向少年学习的何止是冰岛居民，在英格兰甚至整个欧洲经济并不景气的今天，我们缺少的不是“锡尤尔骚河”，而是一个敢于发出邀请函的少年。

我不是千里马，我是伯乐

曾经，我为能进微软底特律分公司而洋洋自得，作为州立大学的文科毕业生，真的很不容易。

但是，这种自豪仅仅持续了一年，我便彻底失去了信心。并不是我不努力，而是我的职位是秘书，好像功能只有倒茶陪聊一样，眼看着那些技术人才频频升职，我却还常常要透支信用卡才能度日。

人家说，走进微软，终有你展现才华的舞台。可惜，我真的不是匹千里马，不管跑多久，也不会有什么优异表现，面对那些精密的软件程序我只能羡慕和哀叹。当然，没有人理解我的心情，尤其是那些搞技术的人才，自以为和善地邀我喝咖啡，大讲最近在某个软件上有什么重要突破，却不知道这些正是我的硬伤。每每想起，都会后悔自己选错了地方。

微软再好，却没有我立足的地方，我决定重新选择自己的职业。圣诞节前夕，老总去华盛顿出差，我乘机递上辞呈，悄然离开了微软。坦白说，老总是个很有魅力的人，当初正是他在众多应聘者中选了我，我怕看到他，所以才出此下策。当然，我在辞呈中已说得很清楚，我相信他会支持我。

可惜，事与愿违，没过两天，我便接到公司电话，叫我回去上班。这是不可能的，我没有才能，但我有尊严，我不甘心在那么多技术人才面前打杂跑腿，在我的职业蓝图里，必须有一片属于自己的天空，所以，我的拒绝毫不留余地。

但我真的没想到，圣诞节的夜晚，老总会亲自跑到我的家里，一句话也没多说，只是拿出一份合同让我签。我说对不起，自己真的不适合待在微软。可老总摆摆手，让我先看看合同内容。

第二天，我重新回到微软，只不过身份已截然不同，那些找我喝咖啡的朋友纷纷叫我请客，我也觉得，这的确值得祝贺，因为从这天开始，我便是微软底特律分公司人力资源部经理，我再也不需要低着头在众人面前自惭形秽，更不需要拿着透支的信用卡纠结苦熬。

圣诞夜是一个让我醒悟的夜晚，我曾问老总为什么，他只是笑，反问我还记不记得那份辞呈，我当然记得，微软每天都会收到那样的辞呈，没什么特别的。可老总说："不，你那份辞呈不一样，因为你在谈及和技术人员喝咖啡的烦恼时，很透彻地分析了他们每个人的特长与成就，所以，你虽然不是千里马，但却是伯乐。"

微软需要千里马，但更需要伯乐。老总的话让我备受感动，谁说非得技术人才不能在微软展现自己呢！任何一个单位部门，它都需要一个运筹帷幄的人，就像我们的总裁比尔·盖茨，他现在并不会整天研究一个软件的运行，而是不断寻找会研究的人。

如今，于微软的那些人才来说，我依旧什么都不懂，但我会看人、选人、用人，每年人力资源部招聘，我考察的重点，便是千里马与伯乐的关系。

忘记你的试用期，未来才不会将你遗忘

我对琳达说："巴克莱公司来电话了，叫我下周去上班。"琳达欣喜若狂地吻了我一下，叫我一定要努力。我嘴上答应，心里却跟打翻五味瓶一样，琳达当然不会知道，在我们营销系同学眼里，巴克莱就是一块光鲜的鸡肋。

说它光鲜，是因为它早已名扬四海，实力的确没得说，可有经验的师兄告诉我们，巴克莱派头很大，别的公司试用期最多一个月，它则是半年，如果不合格，六个月后便可以卷铺盖滚蛋了。

公司欲打而应聘者愿挨，这本无可厚非，问题是我们系去了好几批，竟然全都成了半年免费劳动力，而且，其中不乏优秀学生。所以，系里同学戏称巴克莱为鸡肋，越来越多的同学选择抛弃。

可我还是决定去一趟，不是想当英雄，而是临近毕业，其他简历如石沉大海，杳无音讯，巴克莱公司是唯一选择。

还好，奔赴巴克莱，除了那份六个月的合同之外，并没有什么令我不满，人事主管带我转了一圈之后，很看重我似的说了一句："好好干，公司不会亏待你！"

废话，在堂堂巴克莱公司，一个新人，谁敢不好好干，但要说不亏待，那完全是客套话，六个月试用期，这可不是三两天的买卖，要不是公司可以暂时解决吃住问题，我才不会在这里做一份没有保障的工作。

不满归不满，但从上班的第一天开始，我便不敢丝毫懈怠，严格说来，应该是不好意思，因为这次招聘的不止我一人，其他十来个听说有来自剑桥和牛津的，人家为了能在六个月后继续签约，能成为一个真正的巴克莱成员，可谓废寝忘食，每天按时按点、超额地完成任务，我总不能独个儿跷着二郎腿一边闲着吧。

日子过得是昏天暗地，但大伙却干劲十足，似乎人生的关键就在这半年一样。总经理前来视察，也是满脸微笑，公开表示，不错，我们会选择最优。

这话等于一剂催心针，大家更拼了，为了不让自己太丢脸，我也毫不犹豫地跟着上，尽管完全不是他们的对手。

巴克莱公司的六个月，与其他试用工相比，我一直处于下风，所以我觉得压力很大，等快要到期了，我无奈地打电话给琳达，告诉她所有一切，我不想女朋友看我笑话，质问我为什么被赶出来了，我得事先让她理解，都是巴克莱的错。

然而，在巴克莱公司，我终究还是闹了天大笑话。那天，我完全忘了六个月合同已到期，按事先约定所有试用工要主动找经理谈话的，可我竟傻傻地一大早去了曼彻斯特谈业务，等第二天回来，经理已去法国出差，引得同事窃笑不已。

据说，一起来的试用工表现都不错，经理几乎挑不出什么毛病，我竟然错过了如此良机，看来活该失业，看着别人兴高采烈地在等续约，我懒得理他们，只想一个人静静地完成曼彻斯特这笔业务，然后走人。

可是，一个星期后的通知让所有人大跌眼镜，伟大的巴克莱竟然要和我续约，而且，只与我续约，他们白干了半年！经理解释说，只有每天都把自己当作试用工的人才有资格待在巴克莱。

经理很欣赏我能在一百八十天后还坚持试用工的精神，所以把我留下。但我明白，自己并不是真的愿意永远做一个试用工，而是那天记错了日子。当然，这话只能跟琳达讲，在经理面前，我决定从头再来，以试用工的姿态演绎每一天。

以狼的名义，请对手吃一块狼肉

托比·劳尔丹跟我说，公司已到了生死存亡的时刻，叫我这个老朋友帮忙做谈判翻译，我当然义不容辞。本以为地点会选择意大利最豪华的酒店，然后用最诱人的方式搞定对手，却没想到托比·劳尔丹，这位猎手起家的商界枭雄，竟然随意地把客人带到一家所谓的风格店。

没有宽敞的包厢，没有醉人的美女，客人从土耳其远道而来，我知道他们一定很饿，但该死的店老板半天了还没上菜，要不是自己只是个陪客，我一定踢凳子走人了，什么风格，分明就是故弄玄虚，我向托比·劳尔丹使了个眼色，可他却只顾着对客人讲年轻时那些老掉牙的狩猎故事，我也只好尴尬地跟着翻译。

当店老板连声说对不起，说终于搞定了时，我真的是大跌眼镜，整个圆桌上只有一只大铁锅，里面热气腾腾的竟是一只大狼腿。这菜我不知道怎么翻译，正想问托比·劳尔丹，他却摆了摆手，说先别吃，自己还有最后一个故事。

看着客人礼貌地放下刀叉，我觉得自己脸像火烧一样，极其不安地等着托比·劳尔丹继续他的独角戏。

与托比·劳尔丹十几年的交情，那天我竟然听到了他的一个新故事，他问：“你们知道我们公司为什么以狼为文化吗？因为我要纪念二十年前的一场战役。”托比·劳尔丹说，“那个时候，我养了两只猎狗，它们整天跟我出没在阿尔卑斯山南脉，那里有狡猾的雪狼，我发誓要猎取一只。”

听托比·劳尔丹这么一说，客人突然来了精神，问结果如何。托比·劳尔丹淡淡一笑，说：“没成功，但却很成功。”

这话是什么意思？托比·劳尔丹不待我们询问，又开始说了：“当我的两只猎狗发现那只雪狼的踪迹之后，我们一直紧追不舍，而且，那只雪狼还被咬伤了。”

我知道，阿尔卑斯山常年积雪，如果被咬伤了，一只雪狼是很难逃出生天的，这么说，之后一定发生了奇怪的事情。果然，托比·劳尔丹顿了一下，说：“我们在一个山坳追上了雪狼，就在我的两只猎狗准备发起进攻时，那只雪狼竟然自己在前腿上咬下一块肉，血淋淋地甩向左边的猎狗，你们知道吗？左边的猎狗矫捷地咬住了那块飞来的美食，它大概是太饿了，竟然舍不得放下，而就在刹那，雪狼飞奔而起咬住了右边猎狗的脖子，它本可以吸上一点鲜血的，但它没有，我的猎狗一倒下，它便瘸着腿往山谷飞跑而去。”

桌面上的大铁锅传来阵阵肉香，但我们全然不为所动，只等着托比·劳尔丹讲故事的结局。

可托比·劳尔丹却突然不讲了，亲自给几位客人切肉，说：“今天特意请各位吃狼腿，我想，你们一定喜欢。”

后来我才知道，托比·劳尔丹给客人的“狼肉”的确好吃，因为那是整整一块阿拉伯市场，托比·劳尔丹很直白地说：“我知道除了贵公司，你们还有一个伙伴，而且我也非常清楚，现在主动权在你们手里，但我相信我的公司不会倒下，因为现在，我正式把阿拉伯市场让给贵公司。”

谈判非常的成功，因为阿拉伯市场是托比·劳尔丹的一块肉，太肥美了，如果对方不要，托比·劳尔丹说得很坦白，那他就会找对方的另一个伙伴，他相信对方想拒绝都拒绝不了。

等客人走后，我问托比·劳尔丹，这次付出的代价真的很大，没想到托比·劳尔丹听了哈哈大笑，说："你忘了我讲的故事了吗？那只雪狼虽然丢了一块肉，但却咬死了另外一只猎狗，而且如果不是我放了两枪，我想它是不会逃跑的。"

我点点头，没错，托比·劳尔丹就是一只狼，而他的对手后面并没有站着会放枪的猎人。

站在人生的十字路口，需要找一个对的人

萨洛换下警服，对自己说，不干了，绝不再干这破行当，今晚就写辞职信，人活在世上，就应该活得有尊严、有意义。

身后那座岗亭完全不是当初想象的那样，萨洛觉得，自己在那简直就是大材小用，真后悔当初轻信校长的职业介绍，什么美国姿态，什么和平武士，全是扯淡，每天待在那鬼地方八小时，任你有天大本领也是徒劳。

萨洛边走边计划，作为耶鲁大学的高材生，应该在华尔街叱咤风云才是，趁现在年轻还是早点飞吧，一想到未来，萨洛便觉得心中有股豪气，像是回到了大学，找回了真正的自己。

前面是十字路口，萨洛整了整袖口，静静地等着绿灯。这时候，路边的一位老人突然朝他喊："嘿，小子，过来一下。"

要是往常，萨洛肯定不会理会，做交警三个月，这样的落魄老人他看多了，他们根本就是无事找事，目的就为一两美元。但今天，萨洛心里觉得特不是滋味，他知道这样的老人很可怜，自己明天就可能远走高飞了，或许一辈子都不会再走这条路，所以他犹豫了一会儿便走过去，掏出十美元放在老人面前。

萨洛怎么也没想到，老人竟然摆了摆手，把钱还给了他，还很生气地叫他蹲下来。这怎么回事，莫非真要问什么？萨洛好奇地把耳朵凑

过去。

“我看出来了，你是交警，请问能带我回家吗？我迷路了。”还没等萨洛反应过来，老人又小声地说，“你千万别告诉别人。”

这老人难道是精神病？萨洛不敢肯定，但负责指引市民行走路线是他的本职工作，况且今天是最后一天，他不想让自己留下什么遗憾。所以，萨洛扶着老人过了斑马线，还决定送老人回家。

在路上，萨洛问老人怎么知道自己是交警，没想到老人哈哈大笑，说：“因为我也是交警，我有那种感觉。”

老人告诉萨洛，自己在岗亭待了三十年，他热爱这份职业，只可惜，如今的他老了，再也不比当年，连方向都需要别人指引的他在路边犹豫了很久，却怎么也开不了口，幸好看到萨洛，他这样做，只是不想让周边的市民知道，只是为了维护一份关于职业的尊严。

同样是在岗亭，同样是为了尊严，但与老人比起来，萨洛觉得自己太过渺小。看着老人的一言一行，心中顿悟，当初校长的话说得没有错，这位回不了家的老交警也并未失去方向，反是自己，眼下有路，心中却无向，不是自己在指引老人，而是老人在指引自己。

送别老人，萨洛着急地往回走，但并非急着回家，更不想再写什么辞职报告，他只是想再去十字路口看看，是否还有需要帮助的人。

哪怕只是一枚硬币，也有它的浩瀚天地

一枚硬币是微不足道的，尤其是在华尔街，那些来自世界各地的富豪们绝不会弯腰去捡掉在地上的一枚硬币，不是因为不爱钱，也不是因为爱面子，而是他们弯腰的时间所创造的价值，哪怕是再多的硬币也难以衡量。

然而，当我以一枚硬币为切入口来询问希拉里："我们的国务卿，我们的第一夫人，对于美国所面临的金融危机，你想过什么？做过什么？又或者正准备做什么？"我承认，自己是华尔街日报社最苛刻的一名记者，但正如业内的朋友所言，这是一个记者的责任，这些问题不仅是我要问的，更是处于低迷状态的美国民众迫切想解开的一个结。

我的经验告诉我，这样的问题会让第一夫人感到难堪，自己也很可能会被保安拖出会议室。然而，我毕竟是低估了希拉里，这位叱咤风云的女人。

她侃侃而谈，不是国际时事，也不是历史沉浮，而是一脸陶醉地回忆一个小女生的青葱岁月。我庆幸，自己能独家享有一段不为人知的秘史，尽管我当时并不明白希拉里为什么要讲她的大学生活。

"马萨诸塞州韦尔斯利大学是我人生的一个重要起点。"希拉里说，"不仅仅是政治学专业的学习，更重要的是我参与了许多社团，而我最喜欢的则是校务部——尽管很少有新生能够参与。”

我也是从大学里走出来的，当然知道校务部意味着什么，让学生参与包括财务在内的各项基金管理，简直就是做梦。希拉里说：“我知道自己专业不符，也知道经验不够，所以只能抱着一腔热情积极地参与他们的选拔，万里挑一，我的确技不如人，然而，我却并未放弃。”

我没搞懂希拉里到底要说什么，可她却继续说道：“当面试的老师告诉我很遗憾时，一切都在我的意料之中，那一刻，我特别平静，只是默默地站起来，把手中的一枚硬币放在老师面前。”

看我露出惊诧的表情，希拉里灿烂一笑，说：“你的表情很像当初的面试官，当他问我为什么时，我诚恳地请求他，希望能在晚上给我一个电话，告诉我为什么会失败。当然，我知道自己并未失败。”

如果不是后来希拉里告诉我最后的答案，我想这次独家采访必定是一大败笔，万幸的是，这位聪明绝顶的国务卿，她坦然地告诉我，她最后对面试官说的那句话：“我知道给我打电话并不是校务部的正常支出，所以我有责任先给您一枚硬币。”

我彻底感动了，或者是折服。而当初的那位面试老师也和我一样，就因为这么一个细节，把刚刚大一的希拉里拉进了学校最重要的部门。希拉里说自己并未失败，原因就在这里。

如果我的采访仅限于此，那么，从专业的角度看，它并不完整，作为《华尔街日报》的记者，我当然没有忘记自己到底要问什么。我用一枚硬币来暗示美国经济的不景气，可希拉里却轻描淡写地把这枚硬币抛向天空，亮出了它别样的价值。

她说，她想过很多，不仅仅是美国经济的发展，还有美国的社会、文化、军事存在的种种挑战与危机；她正在做的不仅包括国内经济的复苏，还包括南美、欧洲乃至非洲经济的跨越，美国正在把硬币抛向世界各地，而她认为，最重要的一枚应该赠送给太平洋彼岸的中国。未来要做的还有许多，但她强调，无论做什么，都不会让美国民众失望。

没错，不管那些硬币是不是掌握在希拉里手里，有一点却值得肯定，美国经济正在跨越最艰难的一道鸿沟，曙光就在眼前，华尔街到处都在谈论，中国已经连续五次大幅度提高汇率，这是一个好消息。所以，我不得不承认，希拉里手中的硬币蕴含着一片浩瀚天地，它价值连城。

华尔街街头的卑微，更让人觉得伟大

在华尔街最繁华的地段突然出现一个中国女孩，杜克觉得太不可思议了，她那么年轻，那么漂亮，为什么偏偏要蹲在街头为行人擦皮鞋，那活儿太卑微了。

杜克曾不止一次地跑到女孩跟前，甩手便是一百美元，“帮我把鞋擦亮点，要最亮那种”。这个时候，他便会看见一张极具东方美的脸，带着微笑一个劲地点头后，接着便开始工作了。其实杜克根本就不是想擦鞋，作为美国的金融大亨，每天一大早都会有最细心的秘书帮他打理穿着，鞋子当然是一尘不染了，杜克只是对这个中国女孩好奇。

“恕我冒昧，小姐，请问您是偷渡来美国的吗？”只有偷渡客才干这些卑贱的工作，有一次，杜克试探地问道。

“对不起，我是哥伦比亚大学的留学生，是合法公民。”女孩边说边从一侧的箱子里拿出证件。

皇冠状，没错，那是哥伦比亚大学的校徽，杜克忍不住一阵兴奋，他激动地告诉女孩：“我叫杜克，我们是校友，哦，天哪！请原谅我刚刚对你的不敬，但是，我真的不明白你为什么要蹲在这里，干这样的工作？哦，我真的不明白！”

“我有我的梦想，而且，擦鞋并不是一件什么丢人的事。”女孩显得不卑不亢，这更激起了杜克的好奇心，擦鞋能擦出什么梦想，简直是疯了。杜克本已起身离开，但他还是不甘心，便对女孩说：“如果愿意，你可以到我的办公室工作，我想，我们的合作会非常的愉快！”

可惜，女孩依旧只是笑笑，一边招呼另一个顾客，一边大声回答：“谢谢，我也希望能与您合作，但不是现在。”

很多时候，人的命运总是不能掌握在自己手里，这一点，杜克感悟特别深，当一场史无前例的金融风暴席卷华尔街，无论他看得多透彻，玩得多漂亮，股票还是一个劲地往下跌，不过短短三天，杜克便从鼎鼎大名的金融大亨变成华尔街臭名昭著的负债王。

走在华尔街街头，他甚至不敢抬头见人，幸好，那个中国女孩已经不再擦鞋了，要不然，想起当初甩手便是一百美元，杜克会觉得更心酸，此刻，最卑贱的就是自己。

杜克不敢让任何人知道，尤其是那些债主和银行，如果知道他手里还有十万美元，肯定会对他死追不放，那样子，就真的永无翻身的机会了。这是最后的机会，杜克告诉自己，必须看准，中国的制造业是全世界最发达的，只有中国才有实力在这样的金融扫荡下大肆进军美国市场，但杜克依旧不敢掉以轻心，他很怀疑，那些中国货真如邮件中所说那么受美国人欢迎吗？很难说。

然而，当中方的谈判代表信誓旦旦地说：“我们公司的鞋子是最贵的，但也绝对是最受欢迎的，我花了三年时间了解美国富人喜欢什么样的鞋子，我想，您一定亲身体验过吧！杜克先生！”

杜克毫不犹豫地将全副家当投入了这次业务，因为他绝对相信一个愿意弯下腰来帮别人擦鞋的总裁的眼光，更何况，坐在桌子对面的女孩，是自己的校友，她说过会跟自己合作，如今果真兑现了她的诺言，尽管两个人的身份已经发生了翻天覆地的变化。

不久之后，有报纸这样描述杜克：“他凭借十万美元再次崛起，他不愧为华尔街的领头羊，他给了整个美国信心，他是我们的骄傲！”但杜克在新闻发布会上却不这么认为，他甚至激动地对着镜头说：“在中国面前，我觉得自己很卑微，我想，华尔街，乃至整个美国都应该向中国致敬！”

认识决定知识，格局决定结局

他叫库玛，出生于加尔各答北部一个贫困山村。

因为贫困，他只在学校待了三年；因为贫困，十五岁的他便只身前往孟买，成为年轻的搬运工人。

库玛和许多搬运工一样，只会简单的阿拉伯数字和字母，如假包换的一个文盲。可他心里藏着一个梦想，只要有力气、有想法，幸福一定会来临。

他总在同样的时间搬更多的集装箱，他总在别人休息时义务清点所有的货物，他总是在别人嬉戏时帮忙测量仓库的空间。工友笑他傻，没有补贴，甚至连感谢都没有，何必自讨苦吃？可他听了只是傻笑，举起胳膊说自己年轻，最不缺的就是力气。

那个夏天，孟买刮来一阵狂风，港口很多货物都被打得七零八落，但有一组集装箱却丝毫未损，当老板得知那座奇怪的可自动变形立体集装是库玛的杰作，惊喜的他当即宣布让库玛做了港口总代理，负责公司所有货物集装。

库玛说自己连字都不认识几个，可老板哈哈大笑，只要认识ABC，只要能写123，就没有任何问题。

库玛没有让任何人失望，他管理下的集装团队成为孟买口碑最好的团队，他们用最原始的工具创造了世界最快的集装速度，只因库玛独到的集装程序。孟买的报纸曾在头版写道：那是一个个神奇的变形金刚，它可以用最快的速度架构，也可以用最快的速度卸载，它的设计者有一个比电脑更精密的大脑。

可库玛在接受采访时还有点害羞，他说那只是熟练后自然产生的一张蓝图，很简单，也很普通。

是的，他从来就没把自己当作一个特殊的人才，即便在两年内成为数十家公司聘请的集装专家，他仍然和工友们在一起，最苦的活总是他干。

当印度政府授予他最高的国家荣誉奖，那一年，库玛才二十一岁。美国《人物周刊》专程去采访这个神奇少年，地点也是孟买港口的集装地。

据罗斯丽回忆，他们见面那一刻库玛刚打完一个电话，然后爽朗地说了声："我们有半个小时。"

"我喜欢他这种直接的方式，没有虚假的绅士风度，更没有庸俗的商业氛围，对我所有的提问，他一点也不绕圈子。"罗斯丽还说，有个老板模样的人中途找库玛，可他不理，依旧回答她的问题，可在她换笔的那一刻，他突然打了个手势，那位老板赶紧说了他的问题。我有点惊讶，不知该不该继续自己的采访，可他很快对我说了两个字：继续。

那个老板一直在等库玛，罗斯丽有点不安，忍不住拿杯子喝水。那一刻，库玛侧身，一口气说了三点，简单明了，却直击要害，那个老板也兴奋地点头。

我们的采访时间刚好三十分钟，我亲耳听见，他起身时，手机滴了一声。

后来，罗斯丽在博客上这样描述：是他让我明白了什么叫程序，什么叫精密，即便是生活方式。最专业的技术不是来自书本，而是实践，他只会简单的ABC，却勾画了连电脑也无法比拟的集装结构图，我想，世界上所有的学校都该扪心自问：什么才是教育。

用眼去看花的美，用心去测花的蕊

她们是姊妹，孪生姊妹。

十五岁那年，父亲拿着两块美玉摆在她们面前，让她们仔细看清楚，一块玉上刻着一朵牡丹，另一块玉上刻着一枝月季。花很像，如果不细看，两块玉几乎一模一样。姐姐要了牡丹，妹妹要了月季，没有任何争议。

十六岁那年，父亲躺在医院，把两个女儿叫到身边，让律师宣读了他的遗愿，姐姐前往美国留学，妹妹打理父亲所有的资产。

父亲是北海道最大的玉石商，他的公司几乎遍布每个城市，姐姐虽然心有不甘，但还是整理行装，带着怨恨与妹妹告别。

二十岁那年，按照父亲的安排，姐姐应该完成了她的美学专业。妹妹早在一个星期前就在家里筹备了接风宴，可惜，那天，她只等到来自美国的一个电话，姐姐暂时不会回来。

妹妹根本就不知道，在这四年里，姐姐不仅没有按照父亲的遗愿学习所谓的美学，还不顾一切地考进哈佛商学院。她很聪明，不仅得到学校老教授的赏识，还结识了一大批商界的精英。

二十五岁那年，当妹妹的公司如火如荼地要跨入南亚市场时，在孟买，这座最重要的城市，却遭遇了最强劲的对手。姐妹见面，虽然露出的都是美丽的笑容，却没有一个愿意退后哪怕一步。

彼时，妹妹的生意已从玉石扩展到金银钻戒几乎所有首饰，而姐姐，从华尔街起步，运用绝妙的商业运作，白手起家，在同样的领域，竟然也是风风火火。

业内对她们的评价都很高，而在她们各自的产品中，妹妹选择的是姐姐爱的牡丹，姐姐选择的是妹妹爱的月季，更是有着传奇意味的商标。

二十六岁那年，虽然仅仅只有一年，姐妹俩却已经在各个城市厮杀了上百回合，两人形同水火，妹妹降价，姐姐则加赠品；妹妹捐建学校，姐姐则照顾孤儿；妹妹与政府要好，姐姐则跟司法打得火热。一年来；难分上下。

二十七岁那年，妹妹说，与其两败俱伤，何不用最简单的方式，赌一局谁是英雄。姐姐当然愿意，她也知道，两人的资金、原材料等都差不多，按她学过的公式，永远都算不出何时是个尽头。

姐妹各用一百块同样大小的玉胚、一百个最好的工人、制作出同样型号的玉佩，三十天销售的限期，谁能拿到最大利润，谁就做父亲真正的继承人。姐姐提出这样苛刻的要求，但妹妹却并未反对，因为她知道，当初父亲的话，姐姐从未放下。

姐妹不约而同地在每一块玉佩上雕下了自己的商标，牡丹华贵，月季妖娆，当这一批玉佩以同样低廉的价格走向市场，立即掀起了一场购买风暴，不出一个星期，全部销售完毕。然而，当姐妹两人把账目摆上台面，姐姐却惊奇地发现，妹妹的销售量是一万零一百块，比自己整整多出一百块，也就是说，利润多出了数万元。

这怎么可能呢？制作出一万块玉佩，那是最标准的生产，否则根本就不合格，姐姐愤怒了，一个不守信约的人，根本就不配做父亲的继承人。然而，妹妹一点都不介意，她只是轻轻地问姐姐，是否还记得当初关于花的选择。

是的，当初如果不是自己爱错了牡丹，姐姐说，父亲一定会选择自己。可妹妹还是摇头，良久才说，父亲对花并没有喜恶，只是他知道，刻着牡丹的玉佩比月季轻了一克。

所以在这场比赛里，同样的玉，因为妹妹刻的牡丹比月季少刻下了一克玉粉，一万块玉佩便多出了一百块。

二十八岁那年，姐姐毅然退出首饰市场，她认为妹妹才是真正的美玉王后，而她对记者的解释只有一句话：我用眼睛去寻找花的美时，妹妹已经用心在衡量花的重量。

不知是哪一年，有人在阿姆斯特丹的美学展看到一幅油画，一对孪生姊妹左手牡丹，右手月季，很是美丽。

怪人不等于坏人，坏人不等于坏坏的人

我知道，自己不适合干销售，无论培训经理如何天花乱坠，都无法改变我离开的决定，做完这个月，拿走最廉价的底薪，一切便算告一段落了。

可是，这个世界就是有很多人爱管闲事，比如史比克，跑到我身边，极其热心过度地评价，你是我发现最有销售潜质的员工，如果能一起合作，必定能为公司创造最大的价值。

我不置可否，史比克的销售业绩是公司出了名的头号状元，可天赋是别人的，与我有什么关系呢？

但史比克的口才实在是太好了，我承认，当他指着树上的知了对我说：“你听，知了的声音多么令人讨厌，但它们却一直在坚持，销售也是这样，所有人都讨厌我们的声音，但我们绝不可以放弃。”我被打动了，无论怎么说，自己也是加州州立大学的毕业生，怎么可以只拿着廉价底薪灰溜溜逃跑呢，退一步讲，史比克的成功并不是偶然。

按照史比克的知了原理，在第二十七天，皇天不负有心人，我终于拿到第一单生意，而且还是大单，十二万美元，我可以拿到其中的百分之十。当我迫不及待地把这个消息告诉史比克的时候，他也特别兴奋，还主动要帮我把接下来的程序办好，那一刻，我觉得自己特别幸运。

然而，幸运的感觉总是稍纵即逝，仅仅只是一天，当我再次联系我的客户时，对方便非常客气地跟我说，公司因经费原因放弃了这个项目，丝毫没有回转的余地。

如果事情果真是这样子，我想，自己并不会有丝毫怨言，但问题是接下来的一天，我偶然发现史比克的桌面上有一本销售策划，他竟然用一个晚上做出了更完善的方案挖走了我的客户，自己输的不是运气，而是手段，难怪史比克的业绩总是遥遥领先，难怪他总是那么热心地在“帮助”同事。

可是，我又有什么办法呢，史比克的一切行为都符合法律程序，销售本身就是一个竞争激烈甚至残酷尔虞我诈的市场，更何况自己只是刚刚涉足销售的雏儿，除了忍气吞声，连一句怨言都不知向谁诉说。

在煎熬中，我终于等来了没有丝毫提成的八百元底薪，急匆匆地离开公司，再也不想回头。史比克一定还在讲台上向新人们炫耀他的成功经验吧，我狠狠地骂了一句小人得志，接着便捡起地上的小石子扔向树上的知了，叫得真烦人。

如果我与史比克的交集仅仅止于此，那么，我在他的名字前加上“怪人”两个字便显得有点突兀，故事的结局如同开端一样，在那群知了的嘈杂声里，史比克追赶上来，把一叠现金塞在我手里，告诉我：“这是十二万美元，我应该向您好好解释，像知了一样。”

那天，史比克的确啰嗦了许多，当然，也包括那笔提成。原来，我所在的公司虽然规定给每位员工高达百分之十的提成，但却往往会克扣新员工，所以，由于时间紧迫，史比克没有通知我便急忙把我的项目偷梁换柱，他的目标并不是我，而是我们那位并不怎么厚道的老板。

这就是史比克，在后来的许多年里，虽然我再也没有像他那样坚持不懈地待在销售行业，但却始终保持着亲密的联系，我喜欢听他唠唠叨叨地讲一些奇怪的故事，因为他本身就是一个怪人，值得信任的怪人。

走向远方的时候，别忘了身边的风景

在奥斯汀遇见德希尔瓦时，我脑海里瞬间出现一幅图画，与现实的场景一模一样，我确信，在过去的某个时间，我曾预见到这次重逢。

德希尔瓦显得比我更激动，他的举动依旧是那么不一般，说话之前，首先拨通了电话，我听见，他在墨西哥湾娱乐城订了包厢，那里是墨西哥与美国边界的天堂。

当然，我非常清楚，那地儿很贵，但我并没有拒绝，因为我在很久之前就在上帝面前承诺过，要好好报答德希尔瓦先生。

我知道，你一定会问我理由，德希尔瓦先生到底给了我什么帮助，如果我回答没有，你一定会失望，会不相信，所以，趁着我们还在路上，让我静静地向你解释，那一次改变命运的相逢。

其实也不算太遥远，七年前，我从恰帕斯逃出来，被迫的那种，家里实在太贫困了，又到处是流感，和很多朋友一样，我希望能去美国，哪怕做一个乞丐。当火车经过奥斯汀时，上来了一位乘客，他就是德希尔瓦，恰好坐在我身边。

他的举止虽然很奇怪，但却充满热情，说自己是内华达人，还不停地炫耀，家乡有着全美最富有的金矿，只要辛苦一个月，便可以潇洒地在全世界玩上好几年，自己的家人、朋友，都是因为淘金而腰缠万贯。

说者无心，听者有意。虽然自己心中狂喜，

但我却丝毫没有表露什么，而是借着话题大发议论，似乎要告诉全车厢的人，恰帕斯有着优越的地理位置，墨西哥政府正投入大量资金着力解决这一区域的发展问题，政策上更是有诸多优惠，所以，恰帕斯人翻身的时机到了，我挑衅地说，那里也是遍地黄金。

我和德希尔瓦相处的时间不长，就在下一站，我便偷偷下了火车，直奔内华达而去，虽然刚去的时候并不如想象般美好，但几年奋斗下来，我却已经是个不折不扣的黄金大亨。你们说，我能不感谢德希尔瓦对我的直言不讳吗？

在娱乐城的停车场，我才发现德希尔瓦的车是迈巴赫，不由感叹，毕竟是出身好，一早就在内华达打拼，自己无论如何是比不上了，但无论如何，这次自己要埋单，要让自己的恩人尽兴，所以，觥筹交错，把酒言欢，我还特意选了几个女郎过来作陪，怎么说呢，人生难得这么一回，今天，我一定要实现自己的诺言。

德希尔瓦是个豪爽的人，一如当初，我欣赏他这种人生态度，当他举起杯子向我敬酒时，他起身的动作，甚至他面部的表情，再次让我产生一种幻觉，为什么我总觉得这种情景曾经发生过。

趁着德希尔瓦喝得正欢，我悄悄跟身边的女郎使了个眼色，便出去刷卡，然而，我还是迟了一步，一定是在我去盥洗室时，德希尔瓦先付了账，他果真是个不一般的人，我在心里想着，便忍不住倒满酒，投入与德希尔瓦的狂欢中。

关于我和德希尔瓦，如果只是这么简单，那当然是没有讲的必要，真正让我震动之处在后面。当然，你也可以把我的说辞当作幻觉，因为在后来，我的确有点搞不清楚自己到底处于怎样一种状态，但有一点我可以肯定，那就是德希尔瓦拍着我的肩膀，说：“要不是当初你告诉我恰帕斯的财富密码，我便不会有今天。”

人生就是这么奇怪，就像看风景一样，那些喜欢旅游的人十有八九没有去过自己家乡的名川胜地，总是一步一步地向着更遥远的远方迈进，而当他们累了，回家时便会发现，财富就在身边，幸福从未遥远。

抛出自己的姿态，活出自己的人生

大器晚成，这句话用来描述贾森·基德最合适不过，三十八岁的他拿下生涯第一樽“美职篮”总冠军杯，整座达拉斯城都在为他欢呼。

有人说，他不是砍分最高的、也不是篮板球最多的，他的贡献甚至排不上号，但是，你却不得不承认，基德是最绅士的，他的抛物线是赛场最美的彩虹。

之所以用彩虹来描述基德的表现，是因为他的速度，《纽约时报》这样评论：解说员的解说慢他半拍，篮球在他手里划过的抛物线就像雨后的彩虹，让人心旷神怡，却是转瞬即逝。

然而，只有懂篮球的人才会知悉为什么媒体如此重视被调侃烂了的抛物线，科比的抛物线最精准、艾弗森的抛物线最诡异、詹姆斯的抛物线最暴力，贾森·基德拥有什么，确切地说，他的每一个球不是投出去的，而是非常巧妙地抛进了篮筐，一丝一毫的拖泥带水都看不见。

在“美职篮”训练营，一个投篮姿势不过关的球员是绝对跨不进首发门槛，但里克·卡莱尔却依旧为他大开绿灯，把他推向巅峰的对决，只因他独特的抛球姿态总能发挥意想不到的效果。

当记者非常好奇地问他，为什么会选择难度最大的抛投，是哗众取宠还是玩世不恭时，基德听了并不生气，他用转身告诉所有人，他的姿态属他所有。

只有他的妻子，约马娜知道其中的些许端倪，她说，或许，故事得从旧金山的那场角逐开始。那个时候，约马娜并不属于基德，很多优秀的男士纷纷对她表示爱意，约马娜自己也很坦言，基德不是最优秀的，他甚至老实得让她有点失望，但她还是喜欢他，希望他能有所表现，哪怕有那么一点点与众不同也好。

可惜，基德是个没有创意的人，约马娜开玩笑地说，他总是很死板地送花，一起晚餐，甚至连营造一下接吻的气氛都做不到，有时候甚至觉得是自己错了，他根本不是自己想要厮守的人。

幸运的是，基德和约马娜的浪漫经过了时间的验证，他们的幸福多次被《体坛周刊》标榜，是什么促使约马娜选择了基德，这不仅仅是属于爱情的话题，更是属于“美职篮”的故事。

那是最后的关键时刻，约马娜同时告诉几个自己中意的男士，自己在巴拉大桥的中央，谁最先到达，谁就是她的白马王子。基德几乎疯了，他的车是出了名的破，要想跟竞争对手的林肯、保时捷赛速度，还不如直接放弃算了。

然而，基德最后却赢了，那个时候，正是疯狂的上下班高峰期，无论你的车有多快，都无法穿越半个城市的拥挤。而当基德出现在巴拉大桥中央，他的身后有一辆巨大的公交车，他竟然抢了一辆公交车，强行实现了自己的爱情梦想。

当约马娜问：“你不怕警察吗？”基德耸了耸肩说：“没有人在乎你开的是什么车，我只要最快站到你身边，我想，我做到了。”

没人在乎的又何止是爱情的追逐方式，在“美职篮”的赛场上，谁又会在乎你投篮的方式呢？只要你够快、够准、够精彩，每一个进球都可以赢得最热烈的掌声。

虽然约马娜摆出的爱情证明有点勉强，但我们却不得不承认，她对自己丈夫关于篮球的认识非常独特，不管你承认与否，都有他的道理所在。

其实人生之中，除了篮球、爱情，还有更多需要我们选择的东西，生活、梦想、挫折、苦难，只要选择了属于自己的姿态，或跑或跳，或动或静，这些都没人太过在乎，只要能走向成功，它便是真理。

名片的内容，时时决定人生的内容

他是达拉斯的一张名片，没有人否认。因为在这个赛季，他终于率领小牛队复仇成功，捧起了迟到的奥布莱恩杯。即便疯狂的热火也不得不承认，他的名字已然载入“美职篮”辉煌史册，因为他就是德克·诺维茨基。

这张名片最大的特点是除了能不断用篮球划出一条条优美的曲线之外，还有名片本身也总是在脱手的那一刻可以做到几近九十度后仰，彻底脱离对手横空出世的一击。

庆功宴上，有人问他，作为达拉斯的名片，最想感谢的是谁？这本是一句客套话，无非遵循惯例对身边的人做下介绍，但或许是诺维茨基已微有醉意，又或者他身体里流着德国式黑色的幽默，他回答：当然要感谢那个印刷名片的人。

那个印刷名片的人是谁？父亲母亲？带他走近篮球世界的霍尔格·格希维德纳？最好的朋友斯蒂夫·纳什？教练还是队友？又或者给他带来耻辱的热火？都不是，诺维茨基突然沉默了，思绪似乎正飞向远方。

在伍兹堡，诺维茨基说，那个时候，自己的爱好刚刚从网球转向篮球，正值青春年少的他最崇拜的就是篮球巨星乔丹。1998年的那个赛季，因为乔丹一记惊世骇俗的三分线外大扣篮，他彻底折服了，在德乙联赛的训练场上，他每天都会模仿乔丹飞起来的动作，惟妙惟肖，引得队友们纷纷赞叹。

那天，他又开始给队友表演起三分线外大扣篮来，一次又一次，直到动作完全跟乔丹一样，正当他得意洋洋之时，有队友却突然说，右手弯曲度不够，应该右折四十五度。诺维茨基头都没有回，因为他知道这的确是自己没学好，如是非常认真地再演练了一遍。没想到这位队友依旧不满意，又说，左脚尖应该直起来、右膝盖再往上抬一抬，甚至到最后还建议诺维茨基球服也换成23号。

这个如此了解乔丹动作的人并不是别人，直到诺维茨基发觉声音有点陌生，才回头看见，教自己的人竟然正是乔丹本人，他受教练的邀请，特意来训练场参观，年轻的诺维茨基一下子兴奋得不知如何是好。

乔丹就是那个印刷名片的人，在诺维茨基成长的关键时期，乔丹告诉他，模仿即便非常逼真，那也永远不会达到原作的水平，只有有野心超越偶像的人才能创造奇迹。

在往后的篮球生涯里，尤其是效力于达拉斯小牛队之后，诺维茨基一直在超越，在寻找属于自己独一无二的动作，所以他的抛物线那么出奇的美丽，他的跳投后仰得那么“人神共愤”，他就是小牛队的王牌、达拉斯最有特色的一张名片。

诺维茨基不无感触地告诉所有人，打造自己，不要永远停留在模仿的阶段，要想做一张绝世无双的名片，就必须懂得超越，懂得什么动作、什么方式、什么途径最适合自己。只要做到这一点，无论环境如何，这张名片都会发出耀眼的光芒。

盗亦有道，索马里盛产奇迹

他登上一艘货船，从此便改变了一生。

就连他自己也不敢相信，第一天做海盗便遭遇惨败，一行人被打得落花流水，他亲眼看见“自己人”一个个倒下。为了躲避一个个枪口，他硬是藏在货仓的木桶里整整三天三夜，直到维多利亚港的海风穿透木桶的缝隙，他才惶恐不安地趴在舷窗四处张望。

香港的黄昏格外美丽，但他却没有丝毫看风景的心情。他是一个海盗，臭名昭著的索马里海盗，此刻落魄，他生怕有人过来盘问，在忙碌的卸货中，他只能偷偷地搬起一个集装箱，乘没人注意便拐到了港湾僻静处。

集装箱里有五箱格兰士饼干，他迫不及待地抓了一把塞进嘴巴，接着便想着如何登上下一艘经过索马里的航船。

还好，手里至少还有五箱饼干，当然不能每天吃这些饼干度日，那样恐怕永远都回不了家乡，他必须把这五箱饼干卖掉。格兰士饼干是英国非常著名的一种小吃，但索马里人不喜欢，所以，他除了把目标主要锁定在香港的英国人之外，还把价格压得比英国本地还低，以解燃眉之急。

从一个海盗变成一个商人，命运似乎很喜欢捉弄人。他在香港出奇的顺利，很快卖掉五箱饼干，并在第三天顺利地搭上了那艘熟悉的货轮。

那一刻的他当然不再感到恐惧不安，虽然是低等仓，但他同样可以惬意地跑到甲板上，不经意地询问格兰士饼干的价格。如果不是那个英国商人告诉他，他们主要做的是酒类贸易，格兰士饼干只是因为船只返航时大多空仓，所以才极为低廉地帮人顺便带了十几箱而已，算不上什么。

对别人算不上什么，但对他，一个索马里海盗来讲，或许是一条很好的出路。所以，轮船经过索马里时，他突然改变了主意，同样是冒险的营生，自己何不光明正大地干一次，他要去英国做外贸，不做别的，就为了那一箱箱格兰士饼干。

不过一年，他的名字便在商界传开，因为他所经营的已不仅仅是格兰士饼干，还有欧洲各国的各种特色美食，销售地不仅仅是香港，还有上海、北京、纽约各地，只要有欧洲人的地方，就有他提供的欧洲人喜欢吃的家乡美食。

他提供的美食比本土的价格更低，就因为他曾踏上那艘货轮，在那里，他发现每当货轮返航时，船舱顺带运送的货物极其便宜，而他要的就是这个差价。

当来自全世界著名的记者采访他，问及他的出身，他毫不忌讳地说，我曾是一名索马里海盗，但我现在是一名商人。所以，记者在描述他的成功时也不禁反问当局，何不把对索马里海盗的打击变成引导？只要有路可走，谁会愿意干那不要命的行当？但愿每一个索马里海盗都有着同样的幸运。

第3季

等到放晴时，我会好好再爱你一回

调整一下睡姿，更换一种思维

这么说吧，我可能得了臆想症，因为很多时候我总分不清，自己到底跟谁在一起。

如果仅仅是分不清，问题或许还算不上严重，关键是我爱抱怨，这当然是卡黛尔的评价，我自己更愿说那是一种倾诉，毕竟，五十年前，我便是用这种抒情的方式打动卡黛尔，成就了我的初恋。

不过，卡黛尔一定是忘了，因为有许多次，当我提及大本钟下的诺言时，她总是茫然无知的样子，哪怕我说到动情处，她也只是笑着点头，然后拉着我便往家里跑。为什么呢？岁月怎么可以把一个人的初恋消磨殆尽？卡黛尔当初是多么爱拉着我的手走在伦敦的街头，可如今，她不愿跟我待在一起，她嫌我烦。

难道我真的老了，让别人觉得厌倦了？我常常被这些问题折磨得心烦意乱，并且频频噩梦。这时，卡黛尔则会拿出一条毛巾帮我擦拭，说，别瞎想，刚刚你在做梦呢，现在醒了，仔细看看我是谁，来，好好看看。

其实，这个时候我完全没有心思去仔细看一个人，因为内心深处一直在不停地挣扎，卡黛尔到底是把我从梦里拉了出来，还是把我拉进了梦里？我不知道答案，也无从问起，因为身边只有卡黛尔一个人，可她很有可能仅仅是梦境的一部分。

不过，即便真的只是在梦里，我也觉得特别真实，卡黛尔的一言一行、一举一动，我记得清清楚楚，为什么我对往事的记忆如此清晰，越来越清晰，而卡黛尔比我还小三岁，却忘记了我和她恋爱中的点点滴滴，我有种跟她解释这一切的冲动。

所以，自某次从大本钟下走过之后，我便开始注意卡黛尔，看看她不在我身边的时候，到底都干了些什么，结果，还真被我发现了一些秘密。

严格说来，可能算不上秘密，因为许多年后，她跟我解释过，那天我看到的情景其实每天都在上演，只是我眼睛虽然看到了，没上心而已。

这么说，我那天真的是用心听了她的话，她说了什么呢？她说了胡话，一个人边喝着大杯的白兰地，边对着一堵空白的墙壁说："弗吉，还记得我们在一起的日子吗？你说如地中海一样的味道，还特意在我生日前赶到地中海，奔波那么久，竟然只是带回来一壶海水。"

弗吉是谁？我蹒跚地走到卡黛尔身边，可还没开口问，她便紧紧把我抱住，说："弗吉，我们去看地中海吧。"原来我就是弗吉。

可我的爱情里为什么没有这个名字，卡黛尔明明一直叫我赫斯，前面还加了一个修饰词：亲爱的。她对我说得最多的一句话便是：亲爱的赫斯，我们去看大本钟吧。

我和卡黛尔就这么浑浑噩噩地过着想回到从前的生活，我一直这么想。可那个戴着一副金丝眼镜的医生叫我别想，还说："你得了臆想症，而且，这种症状是会传染的，我发现你的妻子也有类似的症状出现了。"

从医生口中我知道了如下信息，我不叫弗吉，而是赫斯，弗吉可能是我妻子的初恋情人。这让我觉得很头疼，可更头疼的还在后头，我的妻子竟然不叫卡黛尔，而是瑞丝。我彻底迷失了。

但我并没有放弃，既然爱情在这个情景中如此让人难以接受，为什么我不调整一下自己的睡姿，换一种思维呢，让所有的名字都见鬼去吧。当我和自己的初恋情人走过大本钟，漫步在地中海的沙滩上时，我觉得自己找回了那种感觉，更重要的是，还在心里产生了一种强烈的共鸣，她跟我一样，不虚此生。

当然，或许我只是活在梦境里，但不要紧，我不醒来，便没有人可以打扰我们。

看见前面有阴影，那是因为背后有阳光

一

我看见了前面的阴影，在她说出分手二字之后。今夜，大概没有人会相信，在这样的夜晚，十一点整，她曾陪我一起等末班车，在过去的三年里，风雨无阻。此刻我形单影只，所以，当最后一趟车不断地在按喇叭，我依旧没看它一眼。她在，我是要回家，她不在，家只是一个虚词。

其实对于她的变化，我并不是毫无知觉，就像黑暗的侵袭，也是在平淡中，逐渐地将光明吞噬。以太晚为借口，把我的末班车变成替罪羊，还莫名其妙地给我一张空白的纸，或许真的是无话可说了。可我真想说出来，在某个不加班的夜里，看见一个非常绅士的老男人优雅地把她邀上一辆兰博基尼，她笑了。

她的笑让我的爱情挫败，但我的尊严还在。所以，如果有一天，末班车不再，我依旧会奋斗到这么晚，不为兰博基尼，只为让她明白。

二

我看见了前面的阴影，在他表现得漠不关心之后。今夜，大概没有人会相信，在这样的夜晚，十一点整，我正准备去做人流手术，独自一个人。在过去的三年里，我一直认为，爱一个为事业奋斗的男人，是自己最理智、最无悔的选择，哪怕在每个寒冷而无聊的夜里，和他一起等最后的末班车，只为让他有尊严地活着。

父亲说不要委屈自己，甚至要把他的兰博基尼送给我爱的男人。我说都坚持三年了，相信他，我爱的男人一定会成功。可是我又怎么可以容忍，医院检查的证明明明亲手递给了他，他却连看都没看一眼，这难道就是所谓的地老天荒？我哭了。

他的事业让我的爱情挫败，但我的家还在。所以，如果有一天，当他开着属于他的兰博基尼来看我，我也绝对不会后悔，不为金钱，只为爱的誓言。

三

我看见了前面的阴影，在我把车熄火之后。今夜，大概没有人会相信，在这样的夜晚，十一点整，一个公交车司机会走下车，去与一位陌生人攀谈。其实严格来说，我对他并不陌生，在过去的三年里，几乎在每个夜里的这个站，我都会看见他和他的爱人一起登上车，恩爱甜蜜的样子总会让我觉得自己满载着幸福，可是，幸福突然中断。

公司规定要竭诚为乘客服务，其实即便没有这样的规定，我也会很真诚地做每一件力所能及的事。就像现在，我知道必须把手里的医院证明给他，告诉他，是他的爱人不小心留在车上的，并祝福他即将成为一个父亲。我想，他一定会兴奋得跳起来，或许，我与他，甚至他的爱人会成为永远的朋友。

他的疯狂让我的友好挫败，但我的思考还在。所以，如果有一天，他们还能一起搭上我的公交车，我一定会邀请他们与我一起，在公交车的窗下刷下爱的忠告：如果看见前面有阴影，那是因为背后有阳光。

花一生的时光，守候在一株花旁

传说有一种植物，长着高达十米的花穗，像一座座矗立的宝塔，花穗上簇拥着无数的小花，空气中流动着浓郁的香气。更奇特的是，一旦这些花开始衰败，整棵植物也随着花朵的凋零，一起枯萎、死去。这就是雷蒙达花。安妮为了得到它，独自一人来到海拔四千多米的安第斯高原。

可惜，她只知道雷蒙达转瞬即逝，却不知道，有人曾经花了一生的时光守候在一株花的身边，却没有等到花开。因为雷蒙达扎根在人迹罕至的荒郊野地，每隔一百年才开花一次，如果你不是恰好遇上，是绝不可能亲眼目睹那花开花落的一幕。

或许是上天眷顾这位执着的姑娘吧，安妮在稀薄的空气中终于闻到一种奇特的香味，正如书上所记载，似兰香而略带苦涩，若有若无，忽远忽近。安妮情不自禁地朝着风来的方向寻找，在拐角的山坳处，终于有重大发现。

那里有间茅屋，一个俊朗的少年正在舞弄着手中的厚背刀，看到安妮，一脸惊讶之余，丝毫没有隐藏狂热的喜欢。安妮那么漂亮，喜欢上她是一件再正常不过的事情。

那天，安妮和少年聊了许久，少年有问必答，但每每提及雷蒙达，却总是欲言又止，只说到了时候一定让安妮看到，叫她再等等。看到这种情景，安妮也不好再追问。

虽然安妮没能找到雷蒙达生长的地方，但她肯定，雷蒙达的确就在这附近，只是少年还不放心告诉她而已。所以，她住了下来，为了雷蒙达，她不惜与少年在一起，牵手、拥抱、亲吻，似乎真的陷入了热恋。

有一天，少年终于拗不过安妮的追问，终于答应一起去看雷蒙达。安妮欣喜若狂，是的，她已经没有时间再等下去，此行的目的并不是来安第斯高原谈一场姐弟恋，而是拿到雷蒙达，只有雷蒙达才能赢得一切。

那天，安第斯高原的雪尚未完全融化，两人小心翼翼，一步一步地沿着陡峭的悬崖前进，目的地就在不远处。可惜，一切犹如上天安排般，一股雪水突然从天而降，活生生地把本已陡峭的悬崖冲为两半，少年在前面，回不去，安妮在后面，却也过不去。

多年后，安妮每每回想起与少年的那次别离，都会潸然泪下。少年为了让她看到雷蒙达花，独自一人去悬崖的尽头采摘，然后用衣服打包，扔过急湍的雪流，安全地落在安妮的手里。可安妮却背叛了对少年的诺言，因为在高原下，在那座纸醉金迷的大都市里，有一个男人曾对她说，唯有雷蒙达才能让他心动。

安妮拿到了雷蒙达，找到了那个男人，但却没有得到自己的爱情，心灰意冷的她瞬间明白，真爱其实早已来临，那个愿意为自己采摘雷蒙达的少年不正如自己为心爱的人奔走安第斯高原吗？

那天，其实安妮一刻都没有耽误，她以最快的速度赶回安第斯高原，去寻找那座茅屋，去告诉那个少年，自己爱他，愿意用一生的时光伴他而行，让雷蒙达的坚守来见证两人的爱情。

可惜，雪水虽已褪去，茅屋还在，但少年却不知去了哪里，他或许出了意外，又或许因为爱而逃离，但无论结果如何，安妮都不会放弃，她每天都会站在安第斯高原的最高处，遥望着远处的每一条路，希望有一个少年的身影会突然出现。偶尔有旅客问她，姑娘叫什么名字呀？她总会灿烂地回答，我叫雷蒙达。

旅行的鸟，不需要去落脚

从德克萨斯到阿拉斯加，从密西西比到王子角，那是一段美妙的旅途，草长莺飞，鸟语花香，一切都在计划之内。

当然，乔帕克还会说，那将是一个浪漫无比的过程，他一早就答应我，一起去看北冰洋，站在威尔士王子角，自由自在，毫无顾忌地享受两个人的世界。

不过那时，我们还在密歇根湖畔，乔帕克永远都那么诗意，他说："记住它的美，这是爱的第一道风景线。"

那天，一阵甜蜜在心底涌起，是的，这是一条去寻找美的路，它有多远，我们便快乐地走多远。既然已经抛却了丈夫、女儿，既然选择了阿拉斯加的雪，就应该一心一意扑在乔帕克身上。更何况，无数次的事实证明他的确爱我，尽管他比我还小十岁。

湖的中央飞过一只鸟，黑点般转瞬即逝，我便问："真美，亲爱的，你知道那是什么鸟吗？"

可惜，我崇拜的百科全书这次也显得有点尴尬，他从没看过这种鸟，但他说，那一定是一种特别的鸟。

这个答案我很满意，鸟的名字并不代表什么，重要的是它也正飞翔，或许在阿拉斯加，我们还会再见。

渥太华在我们的旅程本只是一个站，但我们却在那待了一个星期，并不是对它有什么特别留恋，而是加拿大的小偷让我们的浪漫搁浅。没有钱，没有信用卡，乔帕克勇敢地去了火车站，做搬运工，留下我一个人待在简陋的房间。那台电视一直在播放休斯敦火箭队的比赛，这让我想起丈夫，往日里他一定拉着女儿在呼喊，可如今，茶几上没了我烤的面包，他们还会那么快乐吗？

一个人的时候我常常想，丈夫其实没什么不好，事业有成的他对我百依百顺。可惜自己太叛逆，衣食无忧，让我开始不断渴望冲动，开始讨厌起平静的湖面，而当乔帕克翩翩而来，激情的浪花里，自己便彻底失控。

书上说，爱情是自由的，没有任何界限。想起乔帕克立誓的样子，便觉得可爱，幸福而浪漫，青春里有太多事情没来得及做，如今有了机会，便玩得特别疯，做得特别狂。

我想我是有预感的，当电视里报道，今年的寒流来得特别早，渥太华郊区冻死了许多鸟，我便开始担心起来，乔帕克那么瘦弱，该不会出什么事吧！

傍晚时分，不安地在门口看了许久，熟悉的身影终于出现，我便迎了出去。

“感谢上帝，你可回来了，电视里说，今晚还会有大风雪。”

乔帕克点点头，便进屋了，我有点不高兴，按往常，他要在我额头亲吻一下的，便假装生气。我万万没想到，乔帕克会真发火，还歇斯底里般吼叫，说这完全是一个错误的决定，我和他之间根本就不是爱情。

没有太多的解释，乔帕克态度很坚决，给我留下了他的全部工资，便头也不回地走了。我不愿，也不会挽留，那一刻，我发现他真的还小，我和他的世界只是在某个时间某个地点突然发生了某种重叠，仅仅是突然，绝不是长久。

尽管特别想听到女儿的声音，但我却没有丝毫打电话的勇气，一个人漫无目的地走在街头，不知继续北上还是南归。看到一群工人正在清理路面，那些被丢进黄色袋子里的鸟儿，正是当初密歇根湖看到的那种。

我激动地问这是怎么了，工人面无表情地回答："这种鸟叫雨燕，只要飞起来，便得一往直前，一旦停歇，便意味着死亡，每年都有许多鸟永远停在这里。"

懂爱的人，爱情从来不会迟到

她是个懂男人的女人，至少她自己是这么认为。在与谢天宇的交集里，她从未提出一丁点过分的要求，因为她知道，谢天宇正处在发展的黄金期，作为他的女朋友，最好的做法便是支持他的事业。她始终相信，自己的牺牲能为两个人的爱情刻上永恒。

当然，她毕竟是个女人，是女人便有女人的需要，柏拉图那样充满哲学色彩的爱情她不懂，更不会去做。所以，从一开始，她便和谢天宇订了君子协定：每个星期六，两人在不远不近的那家咖啡馆，静静地喝上一杯，谈谈彼此的工作、生活，如果服务员不是那么太不知趣的话，两人还可以依偎在一起，用一个吻来缓解一个星期的相思。

可是，她怎么也没想到，仅仅是这么简单的一个约定，谢天宇第一次便没做到，整整迟到半个小时，她理解他工作忙，便也算了，但第二次、第三次，谢天宇从来没有准时出现过，这就让她觉得不正常了。对方到底有没有把自己放在心上，这是爱情的根本问题，一个女人可以对一个男人好，但这种好是有底线的，是讲原则的。

所以，在谢天宇再次迟到时，她不高兴了，虽然没说一句责怪的话，但谢天宇已明显感觉到气氛的紧张，他想解释什么，但最终还是什么也没说，只是一个劲地说对不起，下次一定准时，一定。

但这个世界似乎从来没有一定的事，倒是不一定变得非常一定起来。一句话，谢天宇总是迟到，无论他怎么保证，下次还是迟到，虽然迟到的时间或许比以前稍微短了点，但这依旧足够证明他有问题。“即便谢天宇真的喜欢我，那他的喜欢也是不端正的，不能长久的。”她这么对自己说。

于是，在某个晚上，她终于忍无可忍地向谢天宇摊牌，对不起，你不是爱我的那个男人。不容对方分辩，不容对方再来，尽管她心底是那么不舍，那么不甘，那么撕心裂肺肝肠寸断，但她的眼睛却连眨一下都没有，离开之时，没有回头，不留眷恋。

说不留眷恋，当然只是脑袋的一种强迫而已，其实她心里非常清楚，很难过，当谢天宇的无数次挽救失败之后，终于没有再出现，她只隐隐约约记得谢天宇最后一次找她的时候，留下一句话：“我走了，不再在这个城市。”

世界一下子安静起来，安静得有点让她恐惧，自己错了么？没有，错的是谢天宇，连一个星期一次的约会都那么敷衍，去就去了呗，天下有的是好男人，大街上一抓一大把，可真正走到街上，却根本没有心思去观察所谓的好男人。此刻，她一身素妆，不知不觉便走到那家熟悉的咖啡厅，坐在熟悉的位置，点了熟悉的咖啡，没有了等人的感觉，咖啡的味道似乎也变了，恍惚中，眼泪终于涌了出来。

老板急忙前来询问，她当然不愿说自己失恋了，只是敷衍着回答，为什么今天的咖啡味道变了。没想到老板叹了口气，回答道，姑娘有所不知，以前有位年轻人总是会提前半小时来这里磨咖啡，他总说要亲手为自己爱的人泡上一杯，那代表一辈子。说完，便意味深长地看了她一眼。

她一下子便明白过来，原来爱情从未迟到过，只是自己没有把握好爱的准确时间。她飞一般离开咖啡厅，想着马上回到谢天宇的身边，告诉他，从此以后，她永永远远都不会再离开。可是，他还会出现吗？或许就在眼前，或许永远不见。

愚人的爱情方程式，没有标准答案

有个女生打电话给他：“来我家吧，没人！”他兴奋地狂奔而去！敲了一个多小时的门，发现真的没人。

如果你只是觉得这是愚人节的一个恶作剧，那就大错特错了，这是发生在我表哥身上的真实事件，而他的QQ署名也非常有自知之明：愚人。谁会喜欢这样一个男人？

当然有，但那是非常遥远的某一个年代，据姨妈说，表哥曾经在学校里风靡一时，引得万千女生为之倾倒。我当时的第一反应便是，你就吹吧，就凭表哥那张摔在地板上的脸，学校里“外貌协会”的女生怎么会喜欢。

不过，不管你们信不信，反正我最后还是信了，因为姨妈告诉我这样一件事。那年，还是“小愚人”的表哥在他们班的QQ群里顶了这样一句话：你们看文科生也知道天热出来凉快，逻辑思维并不差嘛！因为这句话，不仅理科班仅有的几位美女对他刮目相看，连隔壁文科班的班花也会在遇见他时报之一笑。

这或许就是传说中的傻人有傻福吧，可惜，不久之后，表哥的傻福便消失殆尽了，找不到女朋友不说，就连以前认识的女孩子也纷纷与别的男人比翼双飞，这是何等的凄凉。研究生毕业又怎么样，只要被贴上“愚人”的标签，女孩子也会斟酌再三。

我曾经好几次给表哥介绍小师妹，按照姨妈的吩咐，我把话挑得非常明白，要发挥富二代优势，别老一副傻乎乎的样子。可惜，每次相亲，小师妹的回复都一样，你表哥不大正常。于是我便拼命解释，误会误会，他太过低调，不轻易透露才华罢了。

表哥的富贵优势基本上被他的愚人色彩抹杀殆尽，但我并非因为这点而放弃制造射向他的丘比特之箭，直到有一天，我发现他的QQ签名这样写道：你在我心里就像是套上保鲜膜一样，不论多久依然清新。

一个男人愚蠢并不可怕，可怕的是完全失去自信。我记得非常清楚，当时我狠狠地敲击着键盘，在表哥的签名下留言：你贱或者不贱，女人就在那里，不孕不育；你二或者不二，二就在那里，不三不四。

我彻底放弃了表哥，我想，按照表哥的逻辑思维，这辈子别提找到真爱，就连个凑合着过的都不会愿意在他身边停留半刻。

然而，我还是错了，这个愚人节，表哥打电话给我，让我回去看嫂子，我直接挂了电话，愚人来骗聪明人，简直就是不自量力，然后发了一条短信给他，晚上十二点钟准时到，请准备好接待工作。然后，我按照原计划，非常顺利地在第二天中午回到家里，直奔表哥家，果不其然，昨晚十二点，他真的去火车站接我了，太好骗了。

我有点内疚，但更多的是震惊，因为在表哥身边，真的有一个女孩，不仅漂亮，还冰雪聪明，她对我说，以后别再欺负你表哥，知道吗？

我不知道，表哥凭什么抱得美人归，我必须查个清楚，可惜，表哥只字不提，除了傻笑，套不出任何可靠信息，倒是表嫂，她大大咧咧地拿手机给我看一条短信：我不小心把“我爱你”误发给你了。如果你接受那就储存起来，如果你不接受，就把这三个字返发给我。

因为这条短信，表哥竟然让一个女孩子动了芳心，但是，见了面之后应该就会发现表哥的笨拙之处啊，我私下跟表嫂说，你就这么嫁给表哥了？

“当然不是，我当时一再强调，做个朋友就好。”表嫂一脸无奈，因为表哥在追逐一个月后这样回复，“我觉得你真的不是个合格的朋友，你还是改行做我老婆吧。”

愚人节那天，我终于再次看到表哥傻人有傻福的样子，我相信，表嫂这辈子再也不会离开表哥。如果你不信，我告诉你一个秘密，当初表哥在追表嫂的时候，连续一个月送一种心形的饼干给表嫂做早餐，后来，表嫂终于感动了，她走遍所有的超市都没找到那种饼干，知道为什么吗？因为那些心的形状都是表哥制做的。

随着河流逝去，有些故事不再是故事

回到瓦拉纳西那天，正值傍晚，一缕阳光透光远处的山川，折射在恒河的微波中，衬出一片金光，世界显得格外宁静。罗斯卡独个儿默默地往家走，带着一丝迫切与不安，与眼中的世界截然相反。

屋子里布满了一层薄薄的灰尘，他用手指轻轻在上面拂过，瞬间，吱呀一声，罗斯卡回头，门开了，一个女人站在那里，一条洁白的绸带从肩膀滑过腰间，身子显得格外修长，手捧一把印度琴，眼睛里似乎在闪烁一丝晶莹。然而，罗斯卡并没有感到惊讶，而是轻轻一吹手指，把最后一丝灰尘吹向空中，刹那间模糊了视线，眼前的女人是如此美丽。

罗斯卡没有移动一步，眼前的女人只好主动向前，说，罗斯卡，对不起，我不想违背我们的誓言，但所有人都逼我，包括母亲，他们一定让我嫁给西瓦，认为那才是真神的指示。

其实，在回瓦拉纳西之前，在阿拉哈巴德城的时候，便有朋友告诉罗斯卡，说泰纳娜结婚了，以最隆重的婚娶仪式。所以，沿河而上，罗斯卡的眼泪顺流而下，他的伤痛已经被圣水所抚慰，但爱情呢？

泰纳娜将手中的琴递给罗斯卡，说：“这把琴是我们第一次见面时，你送给我的礼物。你走后，我每天都会用它弹奏，一曲又一曲《奴里》，可惜，琴弦未断，爱情已结。但我并不愿意放弃，罗斯卡，你知道吗？我是爱你的，不管是昨天，还是现在，如果你愿意带我走，便在夜里为我弹奏那曲《大篷车》，我会抛却一切，只为当初的誓言。”

可惜，泰纳娜等了许多个夜晚，直到后来，听族人说，罗斯卡沿河而行，去寻找圣水的源头了。她也终是未能听到那熟悉的琴声，那哀婉的曲调。罗斯卡是那么的多情，又是那么的无情。

没错，罗斯卡的确离开了瓦拉纳西，沿着圣河，想去寻找世界最宁静的地方。但是，又有谁曾听到，在无数个夜里，恒河河畔，有一位青年独自握着一把琴，一曲接着一曲，把那首《大篷车》唱到心碎。

从瓦拉纳西，直到甘戈特里冰川，罗斯卡像完成一个仪式一样，结束了自己的旅程，心中沉淀的许多东西，也似乎被圣河的水洗涤干净，他突然想回家，于是，他踏歌而行。

再回瓦拉纳西时，已是沧海桑田，泰纳娜有了三个孩子，但却失去了往日的风光。因为她的丈夫走了，跟着一位金发女郎去了孟加拉，接着又逃命一般奔向美国，再没回来，所有的那些礼仪、那些圣典全部抛诸脑后，唯有泰纳娜，在坚守。

也许是，罗斯卡每天都会把琴声演绎到极致，他的歌声绝对穿透了整座城市，但泰纳娜却从未出现，她不愿意出现。所以，半个月后，罗斯卡主动找上门来，他把弹不拉交到泰纳娜手里，说：“你听到琴声了吗？它每夜都会随风飘动，带着我的心，寻找最后的归宿。”

泰纳娜不愿意接受这份馈赠，她礼貌地拒绝了那份感情，无论是怜悯还是爱情，于她而言，都觉得不配，觉得里面有太多不得已，太多世俗之外的东西。

罗斯卡到底有没有和泰纳娜在一起，这个故事没有结果。只是那琴声，偶尔还会在恒河畔响起，那是谁在弹唱，已经不再重要，因为随着河流逝去，有些故事不再是故事那么简单，它已经成为一种象征，带着无上的神圣。

为爱情掘坟，为明天立碑

卡尔用最直接的方式向贝蒂表达了爱意："我对你的爱比大海更深，今晚，我希望你能让我留在你身边。"

贝蒂面不改色，朝大海望了一眼，便出门去了。卡尔知道，她是去采贝壳，小镇有个习俗，姑娘采到喜欢的珍珠，便会找到真爱。于是，卡尔奔回自己的渔船，提出一个黑色的袋子，直朝摩罗礁奔去。

当着许多姑娘的面，卡尔把一袋珍珠倒在沙滩上，对贝蒂说，这些都给你。可是，贝蒂没有捡一颗珍珠，她脱掉衣裤，露出黑黝黝的皮肤，然后跳进了海里。

其实，贝蒂长得一点儿也不好看，卡尔也曾反复琢磨，自己怎么会喜欢她呢？可是，无论有多少美丽的姑娘向他示爱，他都觉得不怎么样，好像只有贝蒂才配得上他一样。

所以，经历无数个潮起潮落，卡尔不厌其烦地跟在贝蒂身后，帮着做一切能做的事情，几乎每天都会表达自己的喜欢和等待，他那种不放弃的精神引得身边的许多姑娘既羡慕又嫉恨。

听说，卡尔的爱情战坚持了三年，直到一次远海猎鱼，他没有回来。一同前往的男人们都赞叹，卡尔是一名真正的勇者，与十多米长的鲨鱼角斗了一天一夜，可惜，为了安全，为了家庭，他们没有办法在深海长留，太危险了。

卡尔肯定葬身大海了，其实这种事并不稀奇，出海的人总有回不来的，更何况卡尔本就单身一人，没有更多牵挂。

但是，谁都没想到，两年后，卡尔又回来了，除了脚下的船换了一条更大的，其他什么都没改变，还是披着长发，腰上系着红带，就连靴子也还是出海时穿的那双。

卡尔一靠岸便直奔贝蒂而去，完全不顾众人的议论，可惜，贝蒂不在，房间已落满尘埃。失落的卡尔悻悻往自己的住所走去，远远的他就看见，自家门口摆着六块石头，那是当地的风俗，唤作海冢。而海冢的旁边坐着一个女人，正是贝蒂。

贝蒂看见卡尔，先是一惊，然后便哗啦一下把海冢给摧毁了，一脸严肃，似乎不愿见到那个追逐她的男人。可是，让贝蒂，或者说让所有人失望的是，卡尔也毫不犹豫地转身，回到自己的船上，从此再也没有回来。

有人问贝蒂："你真的不喜欢卡尔吗？"她说："喜欢，正是喜欢才怕失去，才会坚持一种卡尔喜欢她的状态。"可卡尔呢？他为什么要走，或许，在他转身那一刻，突然醒悟，其实爱情并不如自己想象。

人与人之间就是这样，有些感情只是感情，会成为永远的桎梏。它不会变成别的，更不会像大海那样永恒、包容、不变，可惜，人世间懂海的人太少太少，所以才会活得越来越渺小。

尼罗河上的百合花，长在那个女孩的心里

我喜欢一个名叫塔丽的女孩，尽管在我喜欢她的时候，她才十一岁。

为了讨好她，我曾想过许多办法。后来，我跑到很远的尼罗河边，摘了一朵纯白的百合，跑到她面前，说，你就是我心中永远的百合。

可是，女孩并没有被我感动，而是又哭又闹，将百合摔在地上："谁要你的百合，我不要你的百合。"看着女孩愤怒的眼神，我悻悻地离开了。

我不仅离开了学校，还离开了开罗，带着无比的遗憾，我去了英国伦敦，再也没有和女孩联系。

我没有告诉家人，自己喜欢过一个女孩，而且，当自己向这个女孩表白时，不仅被女孩拒绝了，还被另一个男孩奚落了一顿。

当百合被摔在地上的那一刻，那个男孩肆无忌惮地跑了过来，用他那双赤脚板得意地踩在百合上，还使劲地蹂躏了几下，挑衅似的瞪了我一眼，将女孩搂在怀里。

女孩没有反抗，而是温顺地靠在对方的身上，像一只小绵羊一样，让我伤心欲绝。这才是我一定要去英国的真正原因，在尼罗河，我已经是一个失败者。

我是在十年后回来的，因为国家的暴乱，我被聘为外交使者，回到开罗，与各类反对派洽

谈，希望国家早日回归和平。

但是，走下飞机的那一刻，我的脑海里并不是要马上处理的种种公务，而是不由自主地想起女孩，我的百合，她还像以前那样喜欢一袭白衣，露出开怀的笑吗？

几经周折，我终于找到了她，只不过，虽然还是如百合一样，但却明显变得憔悴不堪，身上的道道伤痕不是每天的暴动留下的，而是她的丈夫，种种家庭暴力带来的伤害。

我告诉她，自己有足够的能力保护她，可以用尽一切办法让那个曾经践踏百合的男人自动离开，或者永远消失。可女孩只是摇头，将我推得远远的，转身跑向远方。

后来很长的一段时间，因为要应付种种叛乱，我忙于各种应酬，那些想改变现状的人们，从不认为法律、政策、道德这些正当的方式能够产生作用，唯有通过炸弹、射击和阴谋可以实现梦想。

我做出了许多解释，进行了日复一日的周旋，然而，最终平静下来的方式还是那一辆辆坦克的开进，政府重新夺回了主动权。

我听说女孩的丈夫在暴乱中消失了，多半是被炸死了。所以，犹豫了许久，我终于还是前往女孩家里，希望带着她去英国，包括她的五个孩子。

然而，我再一次扑空了，没有人知道她去了哪里，看着尼罗河上百合凋落的样子，我黯然神伤，搭上飞机前往伦敦，没有回头。

多年后的一天，当我的孩子拿着一封信交给我的时候，我轻轻撕开它，里面飘落一堆百合花瓣的碎片，还带着隐隐的清香，里面的卡片只有一句话：“百合我一直收藏着，现在还给你。”

远方的客人别过来，这里的爱情你消费不起

这么多年过去了，我偶然听到米娜的消息，她在纽瓦克继承了外祖父的家业，过得幸福自在。

要了米娜的电话，做了挺久的心理准备工作，待到夜深人静，我终于拨通了电话。米娜显得很兴奋，一如当初，我还指出我的种种不是，并质问为什么不去找她。

我当然想去找她，这是骨子深处的一种冲动。我跟米娜在一起三年，那段时光，我们很幸福，米娜是个不错的女孩。

后来又打了许多次电话，米娜每次都显得特别轻松，我便问，都在干嘛呢？她便神秘地告诉我，接管祖父的花店，生意还不错哦！电话那边又传来喧嚣的声音，大概是顾客吧，我便轻轻地挂了电话。

听米娜说，生意好得出奇，一年下来，平均每周不少于两千美元。这简直就是花店的奇迹。我说：“米娜，我要去纽瓦克，看看伟大的女商人到底是怎么炼成的。”于是，电话那边便传来哈哈的笑声。

我真正准备去纽瓦克，是在两个月后，与米娜打电话的那些日子，让我越来越感觉到，其实米娜对自己真的不错，或许，曾经的初恋会让我们重新燃烧出激情，哪怕这些激情是短暂的，昙花一现的美丽。

火车在纽瓦克停下来，我背个简易旅行包，

奔上古老的街道，深深地吸进一口气，纽瓦克，我终于来了！米娜是否会像我无数次想象的那样，不顾一切地奔向自己，紧紧拥抱在一起呢？

不过，世界上许多事并不会如自己所愿，所谓浪漫，只不过是在生命的某个环节，遇到一个与自己一起爆发荷尔蒙的人，发生的一次意外而已。纽瓦克是一座古老的城市，它很成熟。

我打了出租车去了米娜的花店，当时她很忙，看到我来，一边为客人插花，一边招呼："实在不好意思，你先在那边坐坐。"然后，我便坐到了一旁，自个儿动手泡了一杯咖啡，一边品尝，一边看着忙碌的米娜。

直到傍晚，顾客才逐渐离去，米娜过来连声抱歉，并告诉我，待会儿带我一起去吃特色中国菜，她老公会开车来接我们。

我笑了笑，米娜终究是嫁人了，她的老公想必对她很好，否则，依米娜的脾气，早该抱怨起来。我说："米娜，生意这么好，有什么诀窍啊？"

米娜将剩下的咖啡倒在我杯子里，说："其实也没什么，你了解纽瓦克吗？"我摇摇头，米娜便告诉我，这是一座有着悠久文化的历史名城，尤其是这里的中国陶瓷，全世界闻名，很多人专门跑到这里参观纽瓦克博物馆，那里面有中国近一千五百年前的珍贵瓷器，很美，也很珍贵，他们都是陶瓷迷。

这跟花店有什么关系呢？米娜指了指旁边的插花瓶，你知道吗？我后来才发现，外祖父留给我的花瓶其实是一件珍贵的中国瓷器，听说是名镇景德镇的极品，很多人都在打它的主意。

原来，那些买花的人每次都想借着买花，顺便把花瓶也便宜买走，可米娜从来都不答应。我说，你总不愿意，那客人又怎么总来买花呢？米娜再次哈哈大笑，这种笑一如从前，特别纯真，特别放纵。

我不期待回头客，来这里的人都是远方的旅客，他们买走了花，也基本不会再回来，所以，你看，一切就这么简单。

后来，我终究还是没有等米娜的老公，也没再和米娜见面，或许米娜并没有留意，又或者她原本就知悉一切，不期待回头的客人。

有一种爱叫痒，很痒的痒

我约她，晚上见。

她说，好。但等我们见面，我碰她，她扭了一下，说，她有男朋友了。于是，我就停了手。

我是一个讲规矩的男人，她也是一个爽快的女人，明白我要做什么。但直到送她离开，我什么都没做成，我心头略有不爽快，也不知道是在心里面，还是心理面。

后来，后来我是怎么做的？在这之前，我必须交代一下背景，她其实是我的前女友，在分手那天，她告诉我："在你结婚前夜，你一定要来看我，我要把最后一次给你。"

那个时候，我很感动，觉得虽然是过去的事了，但那确是真爱，不后悔，这样的女人值得去爱。

到后来，我们没有了联系，一点联系都没有。我找到另外一个女人，爱得也很深，深到有一天，我终于对她说："咱们结婚吧。"她点了点头。

我要和一个自己爱的女人结婚了，而且，这个女人也很爱自己。假如你问我，难道你还不够幸福吗？我一定会对所有人发誓，我很幸福，真的。

但是，就在婚礼的前天，我就是忍不住，想起了前女友，就这样，我约了她见面。

我承认，我是想再拥有她一次。这种行为，乃至这种想法，我都觉得很恶心，都要和一个女人结婚了，还要和另外一个女人去发生关系，这难道不是背叛？这比婚后出轨更让人恶心。

但是，明知不可以，我却忍不住做了，虽然没有成功，但我还是做了，抱着势在必得的心态。

我不知道这是不是男人的天性，或者动物的本性，也不知道世界上还有没有像我这样经历的男人，如果有，那个心爱的女人都是不幸的，我很抱歉。

但我必须争辩的是，我爱自己的未婚妻，深爱，而且可以对天发誓，我这辈子只会爱自己的妻子。但是，如果可以，我希望这种爱和与前女友的那种约定不要矛盾。

自从前女友告诉我，结婚前会有那么一天。这句话就像一颗毒药，已经深深地埋进我的灵魂，和肉体融在一起，无论怎么也拔不出来。

前女友走后，我打电话给她，说："今晚，其实我想和你在一起，最后一晚。"她说："知道。"我说："在过去的几年里，我几乎忘了那个约定，但到了今天，那个约定却变得特别清晰，我不想记得，但却忘不掉。"

我怎么也没想到，前女友会告诉我："是的，我真的有男朋友了，但那一刻，我真的希望你强硬一些，果断一点，就像我们第一次那样。我喜欢那时的你，那时的感觉。"

女人永远要拒绝，男人一定要懂得拒绝。我说："你在哪？我去找你。"她说："不远，你来呀。"

但是，我终究是没能去。坦白说，并非自己不想去，而是未婚妻焦虑地在电话里说："快过来，帮选一下明天婚礼的服装。"

在两个女人面前，我选择了现在的妻子，我也没有向前女友解释为什么，更没有向妻子公开这个秘密，只是在有些时候，会觉得特别委屈，特别遗憾；另一些时候，又觉得特别安慰，特别庆幸。

如今，我用心地爱着自己的妻子，尽管内心深处的那种痒时常袭来，让我欲罢不能。或许，这就是一个男人最真实的爱。

色即是空，空不是色

荷尔蒙爆发的时刻，人总是会产生一些邪恶的想法，当然，也有人说这是本性，很自然的一种需求，这没有什么可批判的，毕竟，青春需要幻想，奔放的季节应该接受一些奔放的思想。

但如果这种荷尔蒙并不是爆发在某段激扬的青春里，比如说，天命已知，那么，无论你如何辩解，都会被人用一个字来形容——色。

这是一个非常让人沮丧的字眼，因为它会把一个非常高尚的人与低俗、恶劣、无耻很自然地联系起来。

哦，我的天，莱斯利简直有点瞧不起自己，就这么一瞬间，为什么还会对一个女人动心，这简直是糟糕透了。其实这个女人并不漂亮，也不年轻，除了有一对挺拔的乳房外，并没有什么特别吸引人的地方。但问题是，莱斯利抬起头，看见这个女人时，一下子被吸引住了，尽管她的皮肤是黑色的，但她的眼神电倒了他，还有她的牙齿、嘴唇，好像在不断地暗示：喂！我就喜欢你这样的老男人，成熟。

自从妻子去世后，莱斯利便再也没有跟任何女人有过亲密接触，他也不知道，自己是否还需要女人的温存，他甚至已经忘记女人的味道，尤其是坐在纽约公园，这种极其适合养心的地方，一切都变得虚无缥缈起来。但这个女人，她只用一个微笑、两片嘴唇、一个动作便打败了整个公园，莱斯利失败了。

他没有很好地控制好自己的情绪，因为思绪已经把他引入另一个世界，这个世界充满着青春的激情，莱斯利局促地移动了一下身体，尽量让自己的腰显得直一些，胸更挺一些。要知道，当初，妻子最爱说的一句话便是“莱斯利，抱着我，让我静静地躺在你的胸前。”那是多么幸福的时刻。

眼前的女人显然还在犹豫，她并不确定是否应该直接走到这个老男人身边，她甚至还往后退了两步。这让莱斯利很纠结，他必须尽快想出办法，向这个女人狠狠地射出一支丘比特之箭，洞穿她的心扉，抓住她的灵魂，然后，拥有她，或者让她拥有自己。

莱斯利咳了两声，一半是故意的，一半是自然的，这毛病已经跟随他十多年了，一到这个季节他就会咳，连带着鼻涕，让他很难堪。他从兜里拿出纸巾，轻轻擦了一下口鼻，还好，咳得还不算严重，只是一些唾沫而已。而眼前的女人，不但没有露出嫌弃的样子，还笑了笑，那意思，大概是关心吧，莱斯利想，这个女人应该走进自己的生活。

莱斯利准备主动出击，拿出男人的勇气，用青春的激情重新燃烧一段爱情。可是，岁月真的不饶人，他刚刚站起来，便忍不住疯狂咳嗽起来，一阵胸闷，让他有种昏厥的感觉，只觉得有些液体不受控制地从嘴里、鼻孔里飞出来，让他要演绎的风度荡然无存。

可是，也就在这个时候，女人冲了过来，扶了他一把，然后，莱斯利打心底里认为她会挽住自己，贴近自己，然后和自己一起往前走。但她没有，女人只是轻轻问候他一声后，便拿出专业的毛巾擦拭椅子，那上面有他留下的唾液。

她喜欢的不是自己，她只是喜欢干净，甚至有点洁癖，莱斯利有种无限的失落感，原来所谓重回青春的冲动，只是荷尔蒙产生的一种错觉。

可是，这个女人到底是谁？直到有一天，当莱斯利看见公园里一群女人在培训、在歌唱时，才解开心结，那个女人，就像这群女人一样，穿着一样，笑容一样，他们只是一群清洁工而已。当初，女人之所以对他笑，对他好，只是出于本能，源于本性，或者说，那是一个人对这个社会自然的责任，就像他的荷尔蒙，或许包含诸多情感，衍生了许多想法，但却与色毫无关联。

第4季

怕得要死的人，也配拥有一颗勇敢的心

你的眼睛里，藏着我的影子

当时，我也不知道自己处在什么位置，卫星导航仪也停止了工作，战友呢，全走散了，但这并不是最可怕的。

低着头，使劲擦干满脸的汗水，我发现一件奇怪的事情，自己脚下没有影子，无论我怎么转身，身后除了沙漠，什么都没有。这是不合常理的，头顶明明有一轮红日，怎么就照不出自己的影子呢？我焦急地爬上前方的沙丘，想着没了任何阻挡，影子大概就回来了，可是，没有，连一丁点都没找到。

我眯着眼看了一下天空，用手做了个角度比，结果反复论证了撒哈拉沙漠的可怕性，阳光明明不是垂直角度，我的影子却被一种无形的力量窃走了，而且，再往远处看，几乎每一座沙丘都有自己的影子，而我没有。

作为一个空降兵，戎马一生，我一直为自己感到自豪，经历数百次行动，没有败绩，然而这次，我失去了信心。早就听说撒哈拉北部有许多神秘的部落，他们掌握着神的旨意，可以用无形的武器把敌人杀死。

他们一定把我当敌人了，所以才会把我的影子收走。这让我有点后悔，波森和卢迪太冲动了，竟然扫荡了一群手无寸铁的土著居民，如果当时自己阻拦，或许结果就不一样了。我的眼里似乎看到了牛扒、火鸡还有威士忌，自己和队友们在一起狂欢，当然，我知道自己在臆想，沙漠臆想症。

无论如何，我必须找到自己的影子，所以，尽管烈日炎炎，而自己身上只剩下一袋干粮，没有水，也没了武器，我还是拼命地往前走。多年的野战经验告诉我，这里应该离绿洲不远了，而有绿洲的地方，就有希望。

当年西点军校的课程的确没有欺骗我，在脚底下隔一里地挖一个洞，不仅可以缓解脱水，还可以通过湿润度判断绿洲的方向。我成功了，在夜幕来临之前。

夜幕不仅掩盖了我的行踪，还暂时驱走了我对影子的恐惧。我找到一间奇怪的房子，竟然是用飞机的残骸建造的，但我已顾不了那么多，绕过去，继续寻找，我想要的只有水。

当然，这是沙漠臆想症的一种明显特征，其实除了水，我更需要休息，否则，我也不会在第二天一大早发现自己毫无防备地躺在地上，而不远处正有几个小孩指指点点。他们全身黑亮，在朝阳的照射下，地上留下几条瘦长瘦长的影子，恐惧再次袭来。

我强作镇定地向他们打招呼，但他们却毫无反应，如幽灵般迅速退后了十来米。难道他们发现我没影子了？他们把我当作魔鬼了？我很担心，但还是试着从包里把干粮拿出来，向他们招了招手，并大声喊道：“别怕，这些东西，全给你们，很好吃。”

他们似乎动心了，尤其是那个黑人女孩，要不是稍大一个男孩拉着她的手，我想她早就奔过来了。这让我觉得有点感动，觉得孩子们需要自己，如是，便把手里的包放在地上，并跳了跳、转了转，向他们表示，身上什么都没有，我愿意做他们的朋友。

他们终于向我奔来，严格来说，是向食物奔来，压缩饼干、牛肉干以及半条火腿瞬间一扫而光。那一刻，我想自己是幸福的，尽管仍然没有找到自己的影子，但心里却已不再那么恐惧。

然而，我再一次错了，当一阵轻机枪扫射，波森、卢迪和其他几个战友冲过来时，那几个孩子已经倒在血泊里。我没法阻挡这样的悲剧发生，波森队长告诉我，这是最安全的方式，而且对我发誓，他们都看到这群黑人抢我的食物。我无话可说，只是甩开波森的手，静静地走到那群孩子的身边。

如今已过去十年，我和自己唯一的女儿住在一起，每当恐惧袭来，我都会叫她到身边，静静地看着她的眼睛，因为唯有她的双眸里，我才能找到自己的影子。所以，尽管那次撒哈拉之行是我军旅生涯唯一的一个污点，但我并不后悔。

感谢上帝，让我女儿能在机枪扫射下生还。

会爬树的男孩，总是看得更远些

在夜深人静的时候，偷偷爬上那棵猴面包树，这是拉瓦一天中最期待的时光。可惜，美好的时光总是短暂的，仅仅只是三两分钟，耳边便会响起一声熟悉的口哨，有人来了，他必须以最快的速度回到营房。

“看到了什么？”刚刚躺下，安德烈便拖着瘸腿凑过来问道。拉瓦不想回答，但安德烈就是那个吹口哨的人，两人约定，拉瓦每天爬上树冠看看周围，看看远方，下来之后再把看到的新鲜事儿告诉放风的人，也就是安德烈。三年了，两人还算默契，在这座死寂一般的集中营，每天都有人因为严厉的禁锢而自杀，他们却因为那棵猴面包树而充满希望。

“我们就要自由了，等着吧！”安德烈一双粗糙的手在拉瓦头上抚摸，要不是因为拉瓦是黑人，连安德烈自己都会觉得眼前熟睡的少年就是自己的儿子。当然，拉瓦是不会明白安德烈的心情的，更不会想到，安德烈是戴高乐将军钦点的间谍，他并不是困在集中营，而是肩负特别使命潜伏在这片草原深处进行侦探的。

那棵猴面包树就像一个梦想，它恰好坐落在集中营的中央，白天的时候，很多纳粹士兵坐在树底下休息，恨得拉瓦牙痒痒，只有到了晚上，他才觉得那棵树属于自己。

可惜，连安德烈也没想到，梦想会突然破

碎。那天晚上，他吹了好几次口哨，可拉瓦就是不肯下来，直到听到一阵急促的脚步声奔来，他知道，要出事了。

拉瓦毕竟是个孩子，熬不住接二连三的酷刑，便一股脑儿的全说了出来，但安德烈只是笑笑，当两块火红的烙铁夹在双颊，也没吐出一个字来。

本以为必死无疑，却没想到生机犹在，半个月后，盟军终于发起了大反攻，因为安德烈提供的精确信息，纳粹分子瞬间溃败，整座集中营安全解放。

安德烈伤得很重，但令随军医护人员奇怪的是，哭得最伤心的竟然是一个黑人男孩。毫无疑问，这个男孩就是拉瓦，在安德烈昏迷的日子里，他一刻都没有离开他的"搭档"，尽管医生一直在跟他解释："只要挂上水（打吊针），一定能起死回生，你就放心吧。"可是，拉瓦就像听不懂一样，虽然一脸惊愕，却依旧没有离开寸步的意思。

当远处的炮声逐渐平息，安德烈终于睁开了眼睛，可是，拉瓦却不见了，几个医生都非常好奇地询问安德烈，那个黑人男孩到底是什么人，此刻又突然消失，他到底去哪了。安德烈点点头，良久，才吐出三个字：跟我来。

在安德烈的带领下，一行医生再次来到集中营，顺着安德烈的手指，他们看到，那棵猴面包树的半个树冠已经不见了，树叶也是稀稀落落，显然，它遭炮击了，在烈日下显得奄奄一息。

但这跟拉瓦有什么关系？随行医生面面相觑，却听安德烈一声口哨，树干后便露出了一颗脑袋，他手里正拿着一个医院的吊瓶，准备往上爬。安德烈这次也不再躲在一旁放风了，而是拖着腿往前奔去，也不知是为了那棵树，还是树后的男孩。

十一条手臂，构筑一个帝国

残酷无情是罗马军团的代名词，盖乌斯·屋大维的名字更是让人不寒而栗，阿克图海战打败安东尼之后，罗马帝国的大业终于完成。阿尔卑斯的牧民屈服了、地中海的小岛投降了，但盖乌斯·屋大维怎么也没想到，被俘虏的托勒密兵团竟然宁死不屈。

严格说来，并不是整个托勒密兵团，而是十二位托勒密首领，鞭打棍抽、钳夹针扎毫无作用，甚至屡试不爽的美人计也莫奈其何。在往日里，盖乌斯·屋大维早已一刀了断，但此刻大业已成，他有的是时间与对手玩，更何况如果能拿下十二位首领，就等于收编了数万托勒密精兵。

十二位托勒密首领被押赴刑场的时候，游戏其实已经开始了。一块大铁板烧得通红，每次都有十二位犯人被赶进去，这都是盖乌斯·屋大维安排的，所谓杀鸡儆猴，他就是要看看传说中的托勒密兵团到底有多硬。

火烫的铁板烧得皮肉吱吱作响，十二个人在里面疯狂厮杀，瞬间便有六个人倒下，而另外六个则站在他们的尸体上。盖乌斯·屋大维说了，谁能在铁板坚持五分钟，谁就可以获得自由。

六个站在尸体上的犯人并不满足暂时的安全，他们非常清楚，只要脚底的尸体一熔化，下一场厮杀又将开始，五分钟对他们来说是恐怖而漫长的五分钟，为了更保险一点，站在尸体上的他们又厮杀起来，片刻之间，又倒下三个。

盖乌斯·屋大维哈哈大笑，对十二位托勒密首领说："这就是人性，看到了吗？与其像他们那样，为什么不在我的帐下干一番大事业呢？"

可惜，托勒密首领毫不领情，为首的舍普陀竟然还破口大骂，把盖乌斯·屋大维种种丑恶行径全都摆上台面，并诅咒他妻离子散，不得好死。盖乌斯·屋大维脸色铁青，只冷冷地爆出三个字："五分钟。"

谁都忍受不了红烫的铁板，在死亡面前，每个人都会挣扎，十二位托勒密首领也不例外。当盖乌斯·屋大维看见其中一个首领的手臂被其他几个人活生生扯下来时，笑得更是疯狂。可他的笑声并没持续多久，因为十二位托勒密首领并没有人倒下，他们断掉了十一条左臂，每条左臂上都站着一个人，而有一条左臂上，断臂的人身上还背着一个人。盖乌斯·屋大维清楚地看到，背着的那个人曾坐过老虎凳，正是重伤的舍普陀。

五分钟结束的时候，十一个人的十一条左臂只剩下一堆骨渣，但十二位托勒密首领却没有一个倒下。在众人面前，盖乌斯·屋大维不得不放了他们。

在罗马的历史上，很少提及托勒密兵团，有人说十二位首领最后带走了他们的兵团，也有人说盖乌斯·屋大维出尔反尔，不仅让数万精兵一夜消失，还截杀了十二位伤残的首领，可惜，这些都无从考证。

但有一点可以肯定，盖乌斯·屋大维创立罗马帝国之后性情大变，他曾不止一次强调，真正的团结，是在死亡面前不离不弃的感情，一个国家、一个民族如果拥有那种众志成城的精神、那种自我牺牲的勇气，必然是世界上最强大的国家、最优秀的民族。

有人说，是十一条手臂让罗马成为真正的帝国，或许如此，但在今天，却绝不仅限于此，因为战争（关于军事、政治、商业、教育等）从未停止，沙场遍布各地。

腹背受敌时，每个人都可以是勇士

他是列奥尼达斯，在斯巴达，臣民都叫他国王，但他更喜欢妻子对他的称呼。美丽的皇后卡丽，她在轻吻自己丈夫时总会轻轻地呼唤：勇士。是的，在斯巴达国土上，每一个男人都应该是勇士，能够抵御强敌的勇士。

公元前420年，波斯已经占领欧洲大部分地区，不可一世的薛西斯一世使节也终于把劝降书送到斯巴达，言辞毫不客气，他要斯巴达的“土和水”，之所以这么嚣张，是因为他知道，斯巴达所有军队已开往北部前线，如今西部温泉关空虚，斯巴达再无援兵，不得不屈服。

可惜，薛西斯一世打错了如意算盘，当得知列奥尼达斯亲自斩杀自己的使节于脚下，他愤怒地调遣海陆部队开往斯巴达温泉关，战争迫在眉睫。

列奥尼达斯当然明白局势的严重性，但也正是这种局势造就了历史上赫赫有名的斯巴达三百勇士。

作为国王，列奥尼达斯千思万虑后终于来到监狱，里面关的是千余名罪犯。他们都是干过杀人放火，烧杀抢掠之徒，看到国王下来，更是喊声震天，他们以为砍头的日子到了，纷纷叫器，一副砍头不过碗大疤的样子。却没想到列奥尼达斯，他们的国王举臂高呼，国家存亡之秋，不想大家死于自己人的刀下，希望大家一起奔赴温泉关与敌人决一死战，这样才不愧为斯巴达之真勇士。

上千囚犯一阵激愤，很多人当场宣誓要为斯巴达而战，但是，列奥尼达斯要对斯巴达臣民负责，面对这群穷凶极恶的杀人犯，一旦走出大牢，就意味着放虎归山，连他自己都不知道冒这个险是否值得。然而，局势没有给他第二个选择。

列奥尼达斯当场设宴，上千名囚犯共饮一杯酒后，都各自回家处理后事，约定三天后再齐聚斯巴达广场，届时国王将与大家一起奔赴温泉关。

事实证明，不可能每一个人都会做出正确的选择，诚信守约，这四个字的分量太重太重。三天后，经点阅，在斯巴达广场上只有两百九十九名囚犯，其他的都是一去不返。当列奥尼达斯问大家是否后悔时，两百九十九名囚犯异口同声：大丈夫当言而有信，为荣誉而战。是的，斯巴达勇士不仅需要勇猛，更需要诚信守约，当列奥尼达斯把两百九十九颗解药发给他们时，所有人都明白，那些怕死的囚犯将在毒药的煎熬下卑贱地死去。

两百九十九名囚犯，与国王列奥尼达斯，组成一支三百人的敢死队，浩浩荡荡朝温泉关奔袭而去，经过死亡考验的他们，更是团结一致，用斯巴达勇士精神捍卫着自己的国土。

在温泉关一波接一波的战争中，三百勇士正是靠着心中那份约定，无论面对多少敌人都从未放弃，他们齐心协力，用血肉组成一堵人墙。列奥尼达斯告诉每一个人，赢得这场战争，他们每一个人的名字将载入斯巴达英雄史册，这也是约定。

可惜，历史是残酷的，斯巴达三百勇士终究没有抵挡住敌人的千军万马，但他们因为信念、因为约定、因为勇士精神而创造的战争奇迹的确已成为后来军人的楷模，三百勇士虽已逝去，但精神永存。

如今的温泉关，在朝向斯巴达的那个峡谷，竖着一块简单的墓碑，下面埋葬着三百具尸体，但墓碑上只有两个字：勇士。

我就知道，这里面大有文章，他不愧是个军人，似乎知道有人跟踪，可惜，一山还比一山高，如果拿不到这只癞蛤蟆的丑陋证据，我是绝不罢休的。

他迅速地拐进了一座英式民居，还不经意地回了一下头，显然，作为内行，我可以断定他是在向我挑衅，敢跟着进去吗？那可是私闯民宅，在没拿到证据之前，我可不愿犯傻。但是，请不要以为我会就此放弃，故事才刚刚开始。

我迅速地跑到民宅左侧的一处假山后，打开背包，拿出收音机，很快便找到了我要的频道，精彩的对话瞬间响起。这个伪君子果然已经结了婚，而且还有一个女儿，收音机里不断传来他们一家人欢快的笑声，这让我觉得更愤怒，这个世界果真什么人都有，等着吧，我绝不会容忍丑陋。

为了不让切西娜过于伤心，我没有直奔主题，而是告诉她，最近在实验新研究的窃听器，而且，成功窃取了一个男人的秘密，更意外的是，这个男人是个军人。果然，一提到军人，一向对我爱理不理的切西娜立马来了精神，兴奋地问我，听到了什么？这正是我要的效果，为了让切西娜彻底清醒，我装作很神秘地告诉她，那个军人跑到了勘底乐街的一处英式花园里，和他的老婆一起给他们的女儿过生日，可幸福呢！

“哦，祝福他们，大兵哥很会爱护家人！”切西娜一脸天真无邪地说，我讨厌她这个样子，母亲也这么认为，所以，我很大声地说：“是的，你的卡特的确会爱护人。”

我以为切西娜知道真相后会伤心欲绝，却没想到她只是轻描淡写地朝我笑笑，说：“不可能，我相信卡特，他是个好人。”我气得直想吐血，悔不当初没按下录音键。

要不是母亲一定让我再帮帮这个“吃里爬外”的亲姐姐，谁都会受不了她那被爱情烧坏的脑袋，然而，谁叫我是唯一可以揭穿卡特真面目的人呢？为了切西娜，为了母亲，我再次向那座英式民居奔袭。

卡特真是一只狡猾的狐狸，他一定是发现了我藏在他身上的窃听器，所以，一连半个月，他都没有回家。而母亲那边却天天传来消息，切西娜又出去了，肯定是被卡特骗出去了，让我务必尽快拿到铁证。如果再像以前那样直接去找卡特算账，实为下下策。百无聊赖之际，我举起望远镜，看见一个女人的影子掠过窗帘，心里突然有了主意。

我说：“大家都是女人，请您务必跟我走一趟，把问题解决了，对两个家庭都是好事。”没想到这个女人竟然答应了，还非常淡定地叫上自己女儿一同前往，真是让人捉摸不透，不过也好，只要能让切西娜醒悟。

然而，我错了，当这个女人看到卡特和切西娜手拉手在一起，不但没有丝毫愤怒，反而从脖子上取下自己的项链挂在姐姐的脖子上，并对我们说：“卡特终于找到了自己的真爱，我祝福他们，愿主保佑。”而那个女孩嘴里叫的也不是父亲，而是叔叔。

当我得知，卡特是一位参加过越战的老兵，而他悉心照顾这对母女十余年的唯一原因，竟然只是因为当初对战友的一句承诺时，我彻底呆住了。原来傻傻的切西娜是幸福的，一个如此信守诺言的人怎么会背叛一个女人的爱情！

原来真正危险的不是切西娜，而是我自己，真正需要拯救的不是爱情，而是对人性的判断。我决定向母亲进言，坚决支持姐姐的选择，尽管那个男人已经四十多岁，也并不是虔诚的教徒，但他却是安全的，充满爱而值得托付终身的男人，不，是军人。

敢于挑战的人，一定有过真爱

我说的赤塔是1941年的赤塔，那块因为边远而没有硝烟的土地。虽然那里免于战争，却并没有多少人逃难而至，原因很简单，寒冷，尤其是冬天，人们宁愿苟活于枪林弹雨下也不愿委身于此。

但菲洛诺夫却在那里整整待了四年，因为他是一名采矿工人，随大队开进赤塔，为祖国建设进行钨矿开发。刚来的时候，菲洛诺夫非常后悔，常常咒骂他的队长塔玛奇，当初他对天发誓，说火车每天都会在赤塔站停靠一天以载运矿石，结果呢，来了之后才发现，火车远在偏南十里的地方，而且根本就不靠站，每次都是哐当一阵便过去了。

听菲洛诺夫发牢骚多了，工友们便会开玩笑说：“火车开往东北方，那里更冷，难道你还想逃过去？”

菲洛诺夫一点都不介意工友的调侃，只有他知道，火车往返于莫斯科与海参崴。他的妻子是火车上的服务员，本以为每个星期都可以见上一面，结果呢，团聚的日子是遥遥无期，菲洛诺夫整日里耷拉着脑袋。

但有一天，工友们突然发现菲洛诺夫精神抖擞，手里还提着一包点心，叫工友们一起来分享。不说赤塔，就算在莫斯科，那样的点心也是奢侈品，所以工友们硬是逼着他讲怎么得来的。菲洛诺夫一脸自豪，终于告诉大家，火车经过赤塔的时候，他恰好看到妻子，便爬了上去。

原来点心是菲洛诺夫妻子送的，工友们边吃点心便祝贺，还调侃说：“难得见一面，你有没有送什么给妻子？”

菲洛诺夫一愣，一下子又悲伤起来，赤塔根本就没有什么好吃的。如是工友又出主意：“赤塔不是有很多漂亮的钨矿石吗？等下个星期你再爬上去送给妻子不就好了。”

工友们本是开玩笑，但菲洛诺夫却当了真，尽管爬火车时经常受伤，跳下来后还要在寒风中步行半天才回到赤塔，但他还是乐此不疲地把漂亮的钨矿石送到妻子手里，每个星期都如此。

一爬一跳，如果当初不是有这样的一次期待，菲洛诺夫回忆说，自己肯定在赤塔回不来了。菲洛诺夫说着话时满含眼泪，躺在莫斯科医院病床的他拿出一个盒子，那是已故妻子的遗物，里面满满地装着几百颗小钨矿石。

菲洛诺夫说，妻子走的时候曾握着他的手说：“一生中最幸福的时刻便是赤塔的几百次相遇。”所以如今的菲洛诺夫虽然身体不适，还是要我陪他一起去一趟赤塔，我当然不能拒绝。

当初荒凉的赤塔如今已成为繁华的都市，火车每天都有好几趟，非常方便。菲洛诺夫站在火车站的广场，忍不住泪流满面，对这个车站，他有太多太多的感情。

回莫斯科那天，都怪我太过疏忽，竟然带着菲洛诺夫上错了火车，火车朝相反方向驶去，我急得不知如何是好，可菲洛诺夫却突然站起来，矫捷地跨过窗户，跳了下去，完全不像一个患病的老人。

菲洛诺夫安然无恙地追着火车大喊：“塔玛奇，快跳，往前跳！”我忍不住苦笑，当初同在赤塔，自己真应该陪他爬爬火车。

闭上眼睛，便可摆脱生命的一切

一颗子弹迅速地往后退，越来越快，直至进入枪口那一刻，时光正在倒流。

泥沙中凝固的血液重新变得鲜红，倒流进他的伤口，慢慢地，伴随着一股股硝烟压过来，他猛地睁开眼睛，捡起身边的冲锋枪，站了起来。

环顾漫山遍野的尸体，他觉得世界一下子立体起来，立体的世界里，战友们正用刺刀寻找幸存的敌人，耳边不时传来“嘶嘶”的声音，那是刺刀与血肉的摩擦。

立体的世界里，他站在最中间的位置随空间不断旋转颠覆，一具尸体慢慢地飘了过来，他举起手中的枪。

那具尸体似乎也感觉到危险的来临，三、二、一。尸体的眼睛终于睁开了，“死—须—必，死—须—必—都—人—的—有—所。”这是指令，所有人都必须服从的指令。死过一回的他知道，再过三秒，这具尸体便会朝自己开枪，然后自己便倒在了地上，只会隐隐约约听到一阵枪声。

他要随时光倒流回到过去，但并不后悔对这个敌人手下留情，所以，这次他依旧没有开枪，只是当那颗子弹从尸体手中射出来时，他敏锐地躲开了，接着整个身子迅速地往后退，他要回到更远的从前。

硝烟，处处是硝烟，一声剧烈的爆炸声响后，他的身体撞破一层铁丝网，刺痛，这种感觉让他越来越清醒，他看见，一个军官正挥舞着长鞭，抽打在一群士兵身上，这群士兵不断地往后退，身上的军服一件件脱落，露出一片片伤痕，然后一把把牛刀划破皮肤，一根棍子打在腿上，还有一块烙铁，通红通红。

好不容易熬过酷刑，冲出牢门，却并不是天堂，这片土地上到处是战场，只不过，他和那些冲出牢门的士兵在疾驰中换了军服，他们又回到另一场战争，被包围，被偷袭，然后便是营房，“死—须—必，死—须—必—都—人—的—有—所。”又是指令，除了下达命令的军官服装变了，内容一模一样。

他不属于战争中的任何一个群体，所以，有人留了下来，有人飞去另一方，但他，他要继续倒流。

“们—你—佑—保—主—愿。”他终于听到了似曾相识的声音，但时间太快，他只能听见几个字，还很模糊，很遥远的感觉。当疼痛终于慢慢消失时，硝烟也逐渐逝去，穿越广阔的沙漠时，他发现一只苍鹰与自己擦肩而过，苍鹰的翅膀完全遮住了他的视野，为什么一只鹰那么大，为什么？

他终于忍不住看了一眼自己，在时光的倒流中，他终于明白，自己在变小，从满脸胡须到白白净净，从高大威武到稚嫩少年，但他欢喜，尽管食不果腹。因为再倒回去，他便可以看到他，然后阻止他，他要从头再来。

大漠孤烟直，长河落日圆。那个小部落终于出现，很快，他还来不及反应便落到了沙丘口，哥哥紧紧抱住自己，“肉—牛—有—还，水、包—面—来—带，的—来—回—会—我。”

不要，不要走，他撕心裂肺，想拉着哥哥，告诉姐姐，还有全家人，不能让哥哥去打仗，他会被杀死，在战场，那里到处是硝烟。

可是，哥哥听不见，全家人都听不见，时光倒流得太快，他根本来不及哭泣、来不及后悔。他知道，只是一袋面包的代价，自己马上也会被带走，然后变成士兵。所以，他拼命地挣脱时光的枷锁，挣脱一双双沾满血腥的手，任凭后面传来一声声呐喊，“他—住—抓，他—住—抓”。可是，时光倒流得太快，任何人都抓不住他。

圣经上说，人是有原罪的，他深信，从哪里来，就应该回到哪里去，只要闭上眼睛，便可以摆脱生命中的一切，从老年到少年，再变成婴儿，逐渐地失去意识，便不再有任何痛苦。

阿门。

为了和平，鸟儿都会拒绝飞翔

非常抱歉，我不打算告诉你这只鸟的长相。而且，我答应过那个男孩，我将对他的姓名和身份守口如瓶。

这样很好。我的叙述变得非常简单了。请跟我先回到1943年，地点在，哦，罗马南部一个叫安齐奥的小镇，在那里，我看见一只鸟，双翼紧闭，行走在林荫小道上。

你是不是觉得这是一幅非常美丽的图画，我也觉得，尤其是看到那只鸟儿行走到一个男孩身旁，而那个男孩背过身去时，越发觉得自己活在一篇童话里。可惜，事实恰好相反。

为什么？我也想知道，所以，我询问男孩，这么可爱的鸟儿，为什么不喜欢呢？然后，男孩告诉我，这是一只拒绝飞翔的鸟儿。

我检查过，这只鸟儿没有任何疾病，而且，从它矫健的双翼可以看出，它曾翱翔于地中海的蔚蓝天空，那是一片多么自由的天空，可它，这只鸟儿竟然没有丝毫怀念。

男孩告诉我，鸟儿本来关在一个非常精巧的笼子里，是自己打算送给妹妹的生日礼物，可是，这只鸟儿过得太安逸了，它大概是喜欢上了这种衣食无忧的生活，竟然不愿意离开鸟笼。

“直到我把鸟笼拆掉，它才愿意出来。”男孩不悦地说，“但是，它还是不愿意飞翔，无论我用什么方法。”

从男孩的口中得知，他曾经不断把鸟儿抛向天空，但它宁愿摔死也不愿意张开双翅，好几次把一条腿摔骨折，可这只倔强的鸟儿就是不愿意屈服，它似乎已经认定，这辈子要跟着男孩，哪也不想去。

这是极不寻常的现象，作为一个记者，我隐约觉得背后有可挖掘的素材。所以，得到男孩的同意，我把鸟儿放在手心，跑到一片空旷的山地，奋力一抛，鸟儿直冲向天，但它果然没有张开翅膀，而是在一声闷叫声中摔落在我脚下，惨不忍睹。

为了查清楚这只鸟为什么不愿意飞，我花了五百里拉让男孩去寻找同样的鸟，我想，通过对比或许能发现答案。但是，一个星期过去了，没有相同的鸟儿，男孩甚至告诉我，连任何一种鸟儿都没找到，这个小镇简直就是鸟儿的绝地。

关于这只拒绝飞翔的鸟儿，它一直是我的一块心病，为什么会有如此奇怪的鸟？直到一个月后，看着在地上悠闲散步的鸟儿，我忽然想起男孩曾经说过，它本来是要被送给妹妹的，或许他妹妹能提供一些有用的信息。于是我便问：“你妹妹呢？”

她死了。

几个月前，报纸上的确报道过，那个凌晨，英第八集团军从西西里渡过狭窄的墨西拿海峡，在意大利的亚平宁半岛登陆，向意大利的南部快速挺进，和德军四个精装师狭路相逢。

男孩的妹妹便是被一块弹片带走的，我觉得不应该提及男孩的伤心事，便说了声抱歉，不再言语。但关于那只拒绝飞翔的鸟儿，却再也找不到任何其他有用的信息。

直到1944年，德军在意大利全面败退，盟军进入意大利北部的时候，我刚好经过曼图亚，在那片刚刚结束的战场上，我看见惊人的一幕，尸体被分成两座小山，一座是阵亡的士兵，而另一座则是无辜的小鸟儿。

那是一个硝烟纷飞的年代，鸟儿无论飞到哪里，都有可能被弹片击落，我终于明白，跟随男孩的那只鸟儿为什么不愿意飞翔，它并不是不热爱自由，而是因为自由必须以死亡作代价。

所以，在后来的某一天，我给男孩寄了一封信，告诉他，拒绝飞翔的鸟儿并不羸弱，相反，它很坚强，我们应该向这只鸟儿学习。可惜，我并不知晓男孩有没有收到，毕竟，硝烟并未完全消散。

记忆可以颠覆，人性可以再塑

从手指轻微的动作来看，这个人意识尚存，也就是说，还有救。

三天后，不出所料，他醒来，身体完好无缺，只是仿佛忘却了过去的种种罢了。但费德里医生说，没关系，记忆，除了恢复，其实更可以塑造。

这话听起来有点过于专业，尤其是在那些日子里，北国联军压境，谁会有更多时间去照顾一个这样的病人，一顶法兰西大毡帽，一看便知道是上过战场的人。

但费德里医生不愿意放弃任何一个自己的病人，波特，他给病人取了这个名字，然后，开始他的记忆恢复之旅。但与传统的、带着病人到处寻找记忆突破点方式不同的是，波特从来没有被拉去一些大家常去的地方，甚至很长一段时间里都未走出费德里医生的病房。

有人悄悄窥视过，波特的病房有很多书，关于人生的种种，而且，费德里医生每天都会花上好几个小时陪在波特的身边，给他讲自己过去的种种事迹。

“你是一名优秀的军人，”费德里医生郑重地说，“敌人的部队包围我们时，是你带领自己的战士夜袭敌军大本营，射杀了敌军统帅，你还一把火烧掉了敌军的粮草，敌人不战而退，波特，你是国家的英雄。”

波特若有所思，自己的确在战场上待过，而且，也会偶尔想起，自己似乎是从马上摔下来，然后，便不知怎么回事了。不过从费德里医生那里，他越来越多地了解了自己，他为自己的过去感到骄傲，而且，当得知敌军再次袭来，他一腔热血，决定奔赴战场，加入骑兵队，做回自己。

所有人都支持他，包括家人，在费德里医生的指引下，他宣誓效忠拿破仑将军，为法兰西而战，出发前，他朝天怒吼。

凭借他的智慧，更重要的是一腔热血，“他那种不怕死的精神感动了整个骑兵队，”报纸上如此描述，“年轻有为的骑士，法兰西的英雄，拿破仑亲自嘉奖的将领。”

当敌军被驱逐，当法兰西雄立于欧洲大地，波特也功成名就，响应拿破仑将军的号召，把战场设在敌人的土地上。攻城略地成为爱国运动的延续，而且，他们越战越勇，敌人闻风丧胆，只要波特铁骑所至，除了血腥，便是臣服。

不知什么时候开始，波特似乎忘却了过去，也不愿意去想象过去，眼前的成就足够他去陶醉、思考，战争的硝烟不容他回到从前，向前冲，他对身边的士兵说，退缩者杀无赦。

然而，世事就是这么奇怪，当波特简直放弃了过去，不再在乎过去时，过去突然来袭。当战马嘶嚎，自己再次要从马上摔下，他突然一个激灵，脑海一阵血涌，过去如阵阵画面卷来。

波特确实叫波特，身边的人都知道他叫波特，但他却不是什么英雄，他是一位逃兵，而且，向来就不为身边人所喜欢，为国家所不齿，在逃跑中摔伤了自己，活该。费德里医生明知这一切，但只是为了证明自己，证明人性深处的某些东西，他，还有波特身边的很多人，共同为波特塑造了新的人生。

人是可以再塑造的吗？记忆真的可以颠覆吗？正如费德里医生所言，这些都是人性的思索，既然如此，那就只有波特，唯有他自己才知悉真实的存在。

拿破仑将军的战马几乎横扫欧洲，遍地饿殍，这到底是一个国家的骄傲，还是整个人类的悲哀，波特不愿意去思考。但脑海深处，源自内心深处的那些呼唤如潮涌般袭来，自己本就不是什么英雄，而且，谁会知道，当初自己并不是逃跑，只是为了反对战争而奔走前线。说到底，自己反对一切战争，而这些与国家无关，与英雄无系。

波特逃跑了，没有人知道他去了哪里，他到底要干什么，为什么会这样，这是一个关于人性深处的问题，或许根本就没有答案。

可以说，屋大维大军已经占领埃及，至少，在领土上，罗马已经完成了它的惊世伟业。

这是一次成功的入侵，但却并不完美，当然，屋大维政权完全可以接受这种不完美，即便是鼎盛的波斯王朝，也不见得有今日罗马的辉煌，只不过，只留下一个小小的波卡迪亚镇，总让人觉得那是一根刺，让人彻夜难寐。

其实，穷凶极恶的罗马军团绝对不会把一个小镇的小挣扎放在眼里，而那些著书立说的法老，更不屑在这么一个小细节上大费周章，不就是感觉有点不一样嘛，如果你不去看它、想它，根本就可以忽略不计。

但有个人不这么认为，他是屋大维的功臣，奥古特，当他偶然经过波卡迪亚镇，便觉得气氛不对，为什么当地的居民没有任何不满情绪，一如往常干着自己的活儿，似乎完全没有注意到已经改朝换代一般，他甚至看到一个罗马士兵轻轻松松地在一家酒肆赊账，而且没有丝毫胁迫，完全就是自然而然。

奥古特认为，这里头一定有什么地方不对劲，而且，他预感，这种危机最终将威胁屋大维政权的稳定。

为了把内幕调查清楚，奥古特在波卡迪亚镇悄悄住了下来，第二天一大早，还特意赶到那家酒肆，偷偷将墙上记载的赊账记录擦掉，然后大摇大摆地坐下来。他想看看接下来会有什么好戏，要知道，在罗马的规章里，赊账必须是要有凭证的。

可是，那些顾客，包括好些罗马士兵，竟然规规矩矩地把数量不等的皮阿斯特交给店主，墙上的账本完全不起丝毫作用。

奥古特跟上那几个罗马士兵，并严厉地问道："你们为什么不直接喝酒就行，难道我们不可以随意拿点东西吗？"他的意思很明确，就是鼓励士兵去掠夺。当然，并不是贪图这一点财物，而是不愿意看到这样和谐安逸的一幕。

为什么要抢呢？几个士兵的眼神明显很疑惑，罗马军团占领埃及后，已经赢得了最后的胜利，而且，所有人都觉得很疲惫，他们来到这座小镇，只希望安静地生活，而这座小镇的氛围让他们得到了想要的感觉，和平、幸福，完全没有统治与被统治的关系。

但奥古特不这么认为，而且，他坚信，屋大维不需要这种氛围，罗马政权必须用铁与血的政策来完成每一处的教化，很快，他向波卡迪亚镇派遣了更多的军队。

可惜，这座小镇就像一片无望的空间，无论往里面塞多少部队，进行多大压制，里面的居民就是不为所动，谁来都一样，他们只想过自己的生活，与任何政治、军事、暴力毫无关联。而且，那些被派遣过来的军队也非常遵循这种生活规则，竟然没有人愿意无故地去破坏它。

这是一种入侵的失败，是一次不成功的占领。奥古特在高级军事圆桌会议上讲述，罗马军团必须注意到，任何占领如果没有在文化上进行入侵，都是不成功的，而且，入侵者很可能被当地丰富的、固有的文化所同化，也就是说，最终被占领的不是敌人，而是我们自己，罗马覆灭的另一种方式。

不过，罗马最终还是建立六百年的辉煌王朝，虽然史学家并没有记载这么一个小曲折，但从罗马后来的许多政策可以看出，从奥古特开始，更加注重文化的构建，即文化的入侵与占领。

波卡迪亚镇的失陷在三年后，当罗马人按照某种策略开始频繁地花钱在镇里购买土产品，当一个地方的所有一切都逐渐可以用财富来衡量，终于，奥古特有一天发现，小镇不再赊账，因为太多的顾客让他开始计算不清，他迷茫了。

当越来越多的细节已经变化，文化的颠覆也自然而然，罗马文化在有计划的进攻下逐步破解了一个地方成百上千年沉淀的规则，到底是成功还是失败，已难以分辨，只是关于侵略、关于占领，一个不经意的细节丰富了风云变幻的世界。

夜的表面是黑色，爱的表面是白色

有时候，连他自己也不清楚，自己到底是清醒还是迷醉，尤其是在这样的夜里，摸到艾斯丽的家门，贴在冰冷的铁门上，也不敲门，直到猫眼里透出一丝光，他才迷糊着说："艾斯丽，是我，瑞恩。"

大兵瑞恩，不过，这是多年前战友给他的称呼，这些年，一切都变了，他成了危险分子，还多次与警察发生过冲突。所以，艾斯丽有点犹豫，片刻之后才质问："你来干什么？我说过，以后不要再来骚扰我！"

这算是骚扰吗？瑞恩一阵苦笑，这样的铁门，他可以毫不费劲地进去，但他从不愿这样做，那么，知难而退吗？他也不，他只是静静地靠在那里，什么也不说，什么也不做，偶尔嘴角动一下，便将手中的酒瓶举起来，咕噜噜一阵狂饮，他的世界，似乎早已随着战争的结束而结束了。

艾斯丽最后还是把门打开了，叫他进去，然后，丢过去一套衣服，还有毛巾，对他说："这些都是坎德奇的，应该很合身。"

瑞恩走进盥洗室的时候，艾斯丽轻轻松了一口气，是不是要报警，对方算是自己的朋友吗？不是，他最多只能算是坎德奇的朋友，可是，作为朋友，怎么可以在战场上不顾朋友生死，不仅如此，坎德奇牺牲后，他竟然来骚扰战友的妻子。

艾斯丽拿起话筒，想报警，可到最后一刻，

她又犹豫了，瑞恩并不坏啊，无论是坎德奇在或者不在的时候，他都从未有过什么不轨举动，即便喝醉了，也只是过来坐坐，看看坎德奇的相片，还有已经老化的狙击枪。或许，他只是为了寻找曾经的记忆罢了，对自己并没有什么恶意。

如此想着，艾斯丽便要放下话筒，可心里又总觉得不合适，不应该这么犹豫，在美国，私闯民宅是犯法的，再说了，瑞恩从事实上已经影响了自己的生活，即便不算骚扰，也可以定性为不法行为，是要受到惩罚的。

我并不是要害他，我只是为了双方都好。艾斯丽想着，还是报警吧，手指颤抖着按下去，9-1-1，一个一个按钮，接通了。可是，当话筒里传来声音那一刻，瑞恩拿着毛巾从盥洗室出来了，一边擦拭湿漉漉的头发，一边奇怪地盯着她看。

艾斯丽想掩饰，但这个时候，电话铃响了，她拿起话筒，对方的声音很清晰，很大声："小姐，请问是您报警吗，有需要我们做什么吗？"

"没有。不好意思，刚刚我家的猫撞到了窗户，现在没事了，谢谢。"艾斯丽镇定地回答。可是，对方似乎并不满意，仍然追问："小姐，你确定不需要我们做什么？你确定没有被人威胁？"

"没有。"艾斯丽回答得很干脆，然后，挂掉电话，对瑞恩说，"你知道的，在美国，报警之后没有回应的话，一般会打回来。"瑞恩一句话也没说，对不起，他良久才吐出这三个字。然后，转身，出去，关上铁门，一次都没有回头。

凉风袭来，他不觉得丝毫的冷，只是脑海里不断地播放那场战役，坎德奇被炸弹击中了，躺在两军火力交集的中央，指挥撤退的中尉告诉瑞恩，不要回去救他，一是他很可能已经死了，二是你自己也很可能丢掉性命。

瑞恩怎么选择，并不是艾斯丽所想那样，他去了，而且，成功把坎德奇背了回来，只不过，中尉说，你看，他确实牺牲了，你这样做不值得。

谁都觉得自己不值得，这个世界就不值得自己去活，瑞恩朝天长啸。他不想跟任何人讲，当自己跑到坎德奇身边时，他还有一口气，他用这一口气说了三句话，瑞恩，我就知道你会回来找我，记住，帮我照顾好艾斯丽，夜的表面好黑。

瑞恩非常清楚，坎德奇嘴里的照顾，其实就是让他去追艾斯丽，成为她的男朋友、丈夫，这才是真正的照顾，只不过，瑞恩做不到，每当自己对艾斯丽有那么哪怕一丁点想法，他都会觉得心中有愧，对不起坎德奇，自己死去的战友。

瑞恩之所以没有离开，还常常“骚扰”朋友之妻，只是不愿意看到一些不三不四的男人前来，他甚至曾经因为殴打那个欺骗艾斯丽的男人而与警察发生了冲突。瑞恩晃荡在空寂的街道，思绪纷飞，突然觉得自己理解了那句话的意思，夜的表面好黑。

即便浪漫满屋，时间不宜冗长

克拉拉是谁，没有人敢说知晓，但没有人不曾知道。

如果你实在觉得困惑，认为这个名字太过突兀、诡异，没关系，那么，墨索里尼你总该有耳闻吧，是的，大独裁者，“二战”的元凶。而克拉拉，翻开历史，谁不曾看到，曾玉臂绕郎君，一代枭雄的情人，漂亮、妖艳、幽灵般的美丽。

且不提他们之间的风花雪月，那即便浪漫，也太过冗长。如果让我的记忆延续，那么，我会毫不犹豫地告诉你，故事发生在希腊，1941年，一个极其残忍的符号。

轴心国鼎盛，墨索里尼志得意满，而克拉拉无限风光，但她毕竟是个女人，不愿在刀尖上沐浴血的洗礼，所以，当她突然发现“犹太”这个字眼时，便深深地着迷了，觉得自己瞬间变成了救世主。

集中营的确因为她的游戏而变得有滋有味起来，至少，没了往日的枯燥与冷寂；至少，在她关注的时光里，少了些许屠杀，多了更宽阔的自由地。

可是，克拉拉自己也承认，这不是同情，最多只能算是她之于无聊战争的消遣方式。因为墨索里尼的名字，她的声音也变得特别有力：“犹太人很聪明，就应将聪明发挥出来，选出最聪明的人来。”

方法其实很简单，算术大赛，最终的优胜者将有机会和克拉拉共进晚餐，而且，还有一大笔奖金，足够让一个人潇洒地过他的一生。

于历史而言，过程一点都不重要，我们也只需要结果。胜出者的名字很普通，卡里，一个女人的丈夫，三个孩子的父亲，只不过，这些都是他曾经的身份，自墨索里尼的部队开进希腊，这一切便都结束了。

卡里将获得与克拉拉共进晚餐的荣耀，还有一大笔资金尽情挥霍，他是多么的幸运，身边的人都祝福卡里，“终于熬出头了，卡里，去美国，开始新生活吧。”他们带着无比的羡慕调侃。

然而，克拉拉似乎并未玩够，当然，她也绝不会违背诺言，她只是把日子设在10月28日，没有人会忘记，尤其是卡里，就是在去年的这个日子，墨索里尼侵入希腊，仅仅一天之内，便有四千多犹太人被捕杀，包括他的妻儿在内。

这个日子应该是祭日，但在克拉拉的安排下，却变成了喜庆的节日，这一天，将成为幸运者人生的转折点。她说起话来很优雅，很甜美，仿佛一点都没意识到这是一个莫大的讽刺，一次极端的挑战。

去或者不去，没有人去对卡里说什么，这样的事情，别人的说辞都是苍白的，只有他自己才有权去选择，到底是拿着钱奔赴美国那片乐土，还是继续在集中营过着暗无天日的奴隶日子。

时间一天天过去，许多媒体都煞有介事地在渲染此事，甚至有消息说，墨索里尼本人也非常关注此次活动，或亲自参加克拉拉举办的晚宴，与幸运者共饮。

1941年10月28日，海风拂面，卡里选择了赴约。这个消息让所有战俘失望，尤其是犹太人，觉得卡里在耻辱柱上再加了一笔，他将成为犹太人的罪人，永不可饶恕。

那天，克拉拉似乎精心打扮过，显得更妖娆，更有女人味，血红的嘴唇足够迷死全天下的男人，所以，卡里看得有点出神，良久都未曾说一句话。直到克拉拉举起杯子，问他：“你终归是个聪明的犹太人，既然来了，有什么想说的吗？”

“是的，我之所以来，只是想告诉你，包括犹太人在内，每一个战俘都有自己的尊严，我们绝不会背叛自己，无论国家存亡。谢谢你给我这次表达的机会。”

卡里说完就走了，尽管他后来再也没有回到集中营，或许，克拉拉让人处理掉了他，又或许，他因勇敢而自由，去了他想去的地方。其实，无论他去了哪里都已不重要，重要的是他选择了一条自己想要走的路，无论多少艰险都义无反顾。

无需担心卡里，祝福的话语已然刻在犹太人的史册。

十面埋伏，抵不过命运的交锋

玛纳萨斯已成一抔焦土，但炮火却从未间断，似乎要把尚未完全干枯的鲜血彻底蒸发。拉塔卡拍了拍身上的灰土，发现脖子很不舒服，他没有马上站起来，而是抖了抖自己的黑色军衣，然后，右手从后衣领伸进去，但眼睛却始终没有睁开。

折腾了好一阵，拉塔卡才把东西掏出来，一根已经完全没有血色的手指，“真倒霉！”拉塔卡站起来，随手把手指扔向远处。

这个时候，士兵们都凑了过来，“长官，北方佬退下去了。”他们显得有点放松。但这可以理解，敌人每天都要发起三轮进攻，而刚刚的轰炸是第三轮，也就是说，大家可以稍微休息一下了。拉塔卡拿出一支雪茄，潇洒地点燃。妈的，他心里嘀咕，这仗要打到什么时候。

向北，他接到的命令就是向北，可是，北方佬似乎不要命一般，一路南下，好几个州城都已经被占领了，南方联盟似乎也失去了联系，他心里非常清楚，败退已成定局，只是时间和方式还不确定罢了。

拉塔卡希望士兵们过得好一点，就像在家乡的庄园一样，大家凑在一起，唱歌跳舞，和心爱的人儿在篝火旁亲吻。当然，这是不可能的，他只能和大家坐在一起，拿出牛肉干，还有黑饼，一起聊聊家乡的父母、姐妹，当然，更多的是恋人。

“我妹妹还待嫁闺中，你们谁最勇敢，谁就

可以娶她。赫尔斯，赫尔斯呢？在哪？”赫尔斯不在这里，所有人都在，就他不见了。拉塔卡突然紧张起来，拿起手中的枪，但身边的塞德西却拉住了他。

“赫尔斯最近很奇怪，每次战斗后，他都跑到前面阵地去……”大家纷纷点头，很显然，赫尔斯的行为大家看在眼里，但拉塔卡作为最高长官，他实在不相信，自己的士兵会去搜罗自己战友的财物，这是对国家的亵渎，对自己的侮辱。

可是，好几个士兵证明，确实看见赫尔斯在战友的尸体上翻弄过，而且，他那个随身携带的军用绿包明显鼓起来了，的确让人怀疑。

赫尔斯终于回来了，看着大家奇怪的眼神，他把包放在地上，然后抢过一支雪茄，狠狠地抽了一口。谁都没说话，那种气氛让人压抑，拉塔卡使了个眼色，身边最强壮的那个士兵便站起来，拉着赫尔斯走，“跟我走一趟，说点事。”

说什么，赫尔斯有点不愿意，但士兵的大手让他无从拒绝，连包都没让他拿便被连拉带拖牵走了。

拉塔卡拿起包，迅速解开，他要亲眼看看，自己的士兵到底干了什么肮脏的勾当。只要物证确凿，他一定会当场击毙赫尔斯，毫不犹豫。然而，让所有人失望、悔恨的事情发生了，身后不远处，“崩”的一声，赫尔斯和大个子倒下了，敌人再次进攻。

因为放松，或者说习惯性懈怠，仅拉塔卡只身幸免，其他人全部阵亡。当硝烟散去，他再次拍了拍身上的尘土，捡起身边的那个包，里面装满了牺牲南方士兵的号码布，每一个号码后面，还有一行歪歪斜斜的笔迹，写着阵亡士兵的名字。那是赫尔斯的笔迹。

拉塔卡站起来，面朝南方，右手缓慢地伸到胸口，使劲一拉，将自己的号码也扔进手中的口袋。远处传来脚步声。

水中的矢车菊，心中的大英雄

夜很静，月光如水般倾泻在青色地板上，坎德夫睡不着，拄一根拐杖，慢慢地在外头徘徊。

这是一座新建的校园，有点简陋，但坎德夫却觉得特别满足，作为这个学校的校长，他在想，接下来的余生，不再是战场，他要成为一名教育家，让战后的柏林得以重建和复兴。

走到校园的中心广场时，坎德夫意外发现，那里有人，一个影子站在水池边，莫非是要轻生吗？坎德夫一下子紧张起来。事实上，在过去一段时间里，因为父母在战场上牺牲，许多孤儿选择了逃避这个世界，政府一直在呼吁，学校要抓紧重建，做好教育工作。

坎德夫悄悄躲到一座雕塑后面，睁大眼睛往中心水池看，那是一个女孩，她双手做了个祈祷的动作，好像在许愿，坎德夫一颗心放了下来。

可是，正当坎德夫准备离开的时候，广场上再次出现一个人影，一个男孩，他跑到那个女孩身边，绕着水池转了一圈，又坐了一会儿，显得很亲密的样子，许久才离去。

那天晚上，坎德夫一直躲在雕塑的后面，他看见，中心水池旁几乎没安静过，不一会儿便会有学生或一两个，或三五个跑到旁边，可能是谈恋爱，也有可能是战后的某种症状。坎德夫决定认真肃查一次，坚决将不良作风扼杀在萌芽里，这也是他曾经作为一名将军，管理一支部队的风格。

第二天早晨，坎德夫装作若无其事的样子，走到了学校中心的水池旁，果然，他看见水池里飘满了矢车菊的花瓣，他们果然是在这里为爱情祈祷，还送花！在国家经历如此艰难后，这些青年学生竟然还把心思放在谈情说爱上，坎德夫觉得很气愤。

当天下午，坎德夫立刻召开校理事会，要求各级负责人立刻采取行动，杜绝学生再谈情说爱，美好的青春年华应该用在学习上，放在振兴国家上。

但是，当各级负责人将调查结果上报理事会，坎德夫再次感到惭愧，因为所有的调查结果都不是他想象中的那样。学生们前往中心水池，并不是谈情说爱，而是去祭奠在战争中失去生命的战士。

矢车菊是柏林的市花，也是德意志的国花，它不仅象征忠贞，更象征忠诚与热爱。坎德夫觉得自己的血液瞬间沸腾起来，自己竟然忘了，就在这座学校所在地，曾经发生激烈的战争，当地的家庭对此都刻骨铭心，难怪学生们会纷纷祭奠祈祷。

可是，坎德夫坐在董事的位置，对所有人说："我们必须认清过去的那场战争的本质，我们每个人都应该审视自身，我们更需要通过教育告诉所有青年学生，那是一场什么样的战争，而不应该只是祭奠和盲目崇拜，那样会让灾难再次降临。"

"可是，坎德夫先生，"一位女老师站起来说，"据我所知，中心水池下埋葬的并非德国的士兵，而是法国人和英国人，我想，孩子们是出于一片好心，我支持他们。"

坎德夫没有再说一句话，关于那场战争，关于对战争的认识，关于德国未来的走向，他充满信心，他决定举行一次隆重的仪式，让全校所有师生在中心广场集合，向逝去的英魂献上一束矢车菊。

足够勇敢，才愿收养一名敌国的孤儿

父亲疯了，萨维吉简直不知怎么跟妻子讲，祖国刚刚光复，父亲竟然要收养一个孤儿，而且是柏林的孤儿。作为一个法国人，虽然已经听到希特勒败亡的消息，但心中的那份仇恨却并未消除，即便不能亲自杀敌，但至少也不能犯养虎为患的错误吧！

妻子果然反对，而且是几近悲愤地提出抗议，萨维吉理解妻子的心情，岳父岳母死于德军的刺刀，妻弟也在马奇诺战役中光荣殉国，这是何等的国仇家恨。

萨维吉紧紧抱着妻子，安慰了好一阵才转身离开，他决定再跟父亲谈谈，即便真的要收养孤儿，也绝不可以选择德国，更不可选择柏林。否则，好不容易建立的家定会分崩离析。

然而，萨维吉怎么也没想到，父亲一句话也没说，便独个儿搬到镇外的一间小屋去住了，那意思很明确，必须收养那名德国孤儿。但为了儿子的幸福，他要独个儿走过他的晚年，尽管战后的生活异常凄苦。

萨维吉曾多次去镇外，告诉父亲，自己已联系了科达斯城的国际孤儿院，孩子送过去可以绝对放心，但父亲却非常执拗，声言自己身子骨硬朗得很，他可以把孩子带大，他喜欢带着那个德国小女孩，那样子很幸福。

所有办法都用尽了，萨维吉觉得很失落，父

亲对自己的爱，他是深有感触的，二十多年来，自己连看都没看过母亲一眼，只知道母亲死于战火。所以，从小到大，父亲为了他，连个伴都没找，再加上希特勒侵略，好几次差点被关进集中营，父亲真的苦了一辈子。

再次面对妻子，萨维吉简直有点难以启口："要不，还是接父亲回来吧，不就个孩子嘛，咱们心胸开阔点……"可话还没说完，妻子脸上便已流下两行清澈的泪水。他急了，酝酿了半天的话一下子全都飞到九霄云外，父亲固然重要，但自己也绝不可对不起妻子。

再后来，妻子有了身孕，萨维吉便彻底打消了接父亲回家的念头，只能隔三差五地去看看父亲，为了父亲，甚至还背着妻子给那德国小女孩买些玩具。

本以为日子就此按照预定的轨道一步步走下去，然而，天有不测风云，那个冬天，一场突如其来的大雪侵袭而至，父亲居住的那间小房子半夜突然坍塌。小镇的人们睡得很熟，直到第二天上午，当萨维吉闻讯赶过去，父亲都已经奄奄一息了，幸运的是，躺在父亲怀里的女孩毫发无损。

医生将萨维吉拉到一侧，只说了一句话，做好心理准备。那一刻，萨维吉只觉晴天霹雳，这一切的灾难，如果不是因为那个小女孩，根本就不会发生，他不知道怎么跟父亲说，科达斯城的孤儿院已经满员，如果不幸真的发生，那么，这个柏林来的小女孩必将再次沦落街头。

妻子怀着身孕，萨维吉不想这些糟糕的事情影响她的心情，他只能祈求上苍，让父亲活下去，为了自己，也为了那个小女孩。

可惜，上帝要带走一个人，谁都无法留住。就在当天下午，带着遗憾的眼神，父亲永远地离开了这个世界。不过，令所有人感动的是，对于那个德国孤儿，父亲竟然早有交代，在他早就写好的遗书里写得非常清楚：如果有意外，请将我的女儿送到科达斯城的杰夫主教手里，他是我的故交，会把事情做好。

杰夫主教果然没有拒绝，年过古稀的他颤抖着握着女孩的手，念了一句：愿上帝保佑你！是的，世事难料，战争无常，只愿上帝投来慈爱的目光，愿世间每一个人都活得幸福。

萨维吉怎么也没想到，自己对于战争的领悟、对于孤儿的理解，甚至对于生活的认识，会因为杰夫主教临别的一席话而改变。他说："有些话本不该说，但出于对最敬佩老友的尊重、出于对战争的愤慨、出于对一个年轻人的责任，我想我不得不说——"

当萨维吉最后带着德国小女孩来到妻子的身边，他心里已经有万分的信心，任何人都不会反对自己的做法，因为杰夫告诉他，当年父亲并没有结婚，父亲一生只有一个亲人，那就是从战场带回来的萨维吉，一个遗留在战争硝烟中的德国男孩。或许，如今的父亲又多了一个亲人，萨维吉发誓，要好好抚养这个小女孩，和妻子一起。

没担任过什么要职，不知道什么重要秘密，逃跑的时候，其实也没有叛逃的意思。

麦克里斯喘着粗气，他想不通，像自己这样一个小兵，值得这样追赶吗？他回头迅速扫了一遍，发现树的背后明显还亮着一把狙击枪，德国造，有准星那种。“上帝诅咒你”，麦克里斯再次狂奔，幸运的是，背后并没有飞来子弹。

有一次，麦克里斯逃到一片空旷的草地上，完全没有任何掩体，他知道，无论自己的速度有多快，也跑不过子弹，所以，在空旷处，他举起双手，歇斯底里地呼喊：“我栽了，只求你一件事，别把我带回军营，埋在这里，再无遗憾。”

但是，背后的狙击手表现得异常冷静，既没有开枪，也没有回话，只是在隐蔽处，那个黑乎乎的枪口直对着自己，三点一线，非常专业。

“如果你不开枪，那我可要走了。”

麦克里斯穿过草地那一刻，玩命似地跳进了对面的树林，追自己的人简直就是个疯子，他到底要干什么？战事这么吃紧，他这样的好手应该在一线战斗才对，跟自己这样一个小兵较什么劲。

他想不明白，但却无法阻止自己去想象，这个人是变态狂？他不喜欢马上杀掉一个人，而是像军营里那种虐杀，没错，就是那样，玩够了杀起来才痛快，自己就是一个玩物。可是，这样玩下去似乎也太久了，难道他不觉得腻吗？

“有本事你就一枪杀了我。”他喊道。

对方没有回应，只有山的尽头传来回声：杀了我，杀了我——

难道根本就没有追兵？像自己这样的逃跑者，应该每天都有，总不可能就自己倒霉吧，一切都是自己想多了？所有的现象都是自己的幻想，是自己在逼迫、恐吓自己？

不对，因为自己如果懒得动了，就躺在地上准备等死了，那该死的枪便会朝自己放一枪，“嘭”，很响、很痛的感觉，这个时候，自己便会突然很怕死，拼命爬起来继续逃跑，然后，再继续躺下来休息。

日复一日，已不知有多少日。麦克里斯也不知道自己已经逃跑了多远，对于后面那个追自己的人，他已经承认，这辈子是摆脱不了了，什么时候弄点吃的，他都能感觉到对方也在咀嚼着军用饼干，自己喝水，他也能想象对方喝水的样子，唯一的区别就是，他有枪，自己没有。

麦克里斯其实也可以带枪跑的，但他没带，因为他的出发点并不是逃跑，而是不喜欢，他不喜欢战争，但又不希望自己的人输掉，所以，他只是默默地离开罢了。

但这是犯了军纪的，要受惩罚。但谁知道会有这么一个该死的狙击手追着自己，折磨自己，他就像自己的影子。

直到有一天，麦克里斯经过一个小镇，他看见人们正欢天喜地庆祝，还把一枝花抛在他的头上，他便问，为什么这么高兴呀？

战争结束了，和平终于来了。

世界都要和平了，他还要追我吗？麦克里斯兴奋地回头大喊，战争结束了，大家都要回家了，为什么你不回家呢？

那人从远处走过来，把狙击枪放在背上，过来拍拍麦克里斯的肩，还拥抱了一下，我也就等这一天，谢谢你。

麦克里斯若有所悟，能够一起走这么远的人，原来是同路人，怀着同样的梦想，可惜却没能多说几句话，那人走了，他回头歇斯底里地喊，走好。

第5季

努力要有正义的心，不要正义的病

对一个人太好，等于谋杀

这桩谋杀案很奇特，死者是出了名的好好先生，小镇的人甚至评价他，这辈子都没跟人斗过嘴。

没有仇人，没有妻儿子女，每天本本分分地在不远的一座私立学校教书，按时上下班，周末去做礼拜，虽然不是有太多人喜欢他，但也从来没有人讨厌他。

没有病史，更不是意外，谁会对这样一个人下狠手，竟然一刀直插进胸膛，毫不留情的手法。

警察调查了小镇所有录像，全是熟人，有一两个陌生人也能提供充分的不在场证据。所以，这是一桩棘手的谋杀案。

电视台天天在报道，小镇居民惶恐不安，警察局压力很大，只好整天跑到死亡现场取证，寻找线索，可惜，这一切都是徒劳。

这个案子悬了三十年，而且，三十年后也并不是警方成功破案，而是凶手无意间泄露了天机，我要讲的重点便在这里。

那是在因顿公学的开学典礼上，学校请来了著名的商业大家，艾维尔先生作励志演讲，他一生坎坷，从一名乞丐奋斗到如今的成就，很多媒体都报道过他的事迹。

可他为什么会被警察盯上，只因为因顿公学的一位学生提了一个问题：艾维尔先生，你那么富有，可为什么不做慈善呢？

事实也的确如此，连伦敦电视台著名主持人马森都曾公开调侃过，说艾维尔先生真像莎士比亚里的一个男主角，是谁呢？夏洛克。

哦，对不起，回到因顿公学的问题上，当时，艾维尔先生迟疑了片刻，接着便说出了惊世骇俗的一段话："如果我去做慈善，那么，我会杀死很多人，或者，我被很多人所杀。"

这是什么意思，没有人能理解艾维尔到底在讲什么，最后还是一旁的主持人打了圆场，艾维尔先生，您能给我们的孩子们讲得更具体一点吗？

"当然！"艾维尔的演讲出现在电视屏幕上，他非常自信地站在演讲台上说，"我认为，一个人的成功来自于他的不满足，只有不满足于现状，面临着生存压力，他才会最大限度地发挥自身的能量，去争取自己的生存空间，实现自身的价值，因为不满足，所以我才有今天。"

全场立刻响起热烈的掌声，确实，艾维尔先生用一生的奋斗证明了他的价值，可是，这与慈善有什么关系，所以，主持人乘着全场热烈的气氛，立马追问，既然如此，为什么不做一点慈善去帮助那些难以生存的人呢！

"你错了，如果我是一个没有生存空间的人，我就不希望任何人施舍我，因为别人的慈善会让我觉得满足，觉得不争取也能活下去，谁这样对我，就是在害我，我宁愿把身边这样的好人杀死。"

就是因为这段话太过震撼，虽然其中不乏真谛，但当电视台热播出来时，一位当年的老警察觉察出了一丝端倪，艾维尔曾经就是一位乞丐，二十年前，他就在那起谋杀案现场附近乞讨，只不过，谁都没想到他会是凶手。

谋杀案告破之后，报纸上一行叙述触目惊心，"他每天都会给我一点钱，我讨厌他这样子对我，如果他不死，我就永远站不起来，他要杀死我的希望，我就要杀死他。”

这是发生在英国温莎小镇的一起真实谋杀案，因为这桩谋杀案，当地居民特意在小镇立了一块“自省碑”，上面是当地一位著名绅士亲手刻的碑文：不要让需要你的人觉得你太好，而要让他觉得这个世界很美好。

正义是一种态度，也可能是一种病

辩白了十五年，巴拉终于为自己找到了疑点，走出监狱那一刻，全队的人都来了，欢迎他回归警队。

没有人怀疑巴拉的能力，事实上，巴拉并没有被时光抛弃，他依旧那么优秀，刚回到队长的位置，便破了几起大案。

有报道说，巴拉之所以能不费吹灰之力端掉犯罪团伙，主要得益于十五年的监狱生活，在里面可以认识很多人，很多重要的人，从这些人口中他可以得到很多不为警察知道的秘密，包括他们的生活习性，巴拉做到了知己知彼。

但有一点却让警队头疼，记者除了褒扬，还敏锐地发现了一些变化，虽然很细微，但却是事实。巴拉变得凶残起来了，只要掏枪，对手必然难逃一死，哪怕犯人已经完全被包围控制，巴拉也丝毫不留情。

这是危险的，虽然那些人该死，但巴拉还是被上司带进了办公室，训话当然不至于，但劝诫却是少不了的。可巴拉态度明确，他直言不讳，自己并没有违反任何条例，所有被杀的罪犯都是在必要的时候被击毙的。

巴拉的说法并没有错，问题是他本可以做得更人性化一些。警队的心理医生分析说，这是正义病，在监狱待了十五年，罪恶迫使他成为正义的判官，我们应该原谅巴拉，只要好好地调整，巴拉还是优秀的巴拉。

可惜，接下来的几起行动还是一样，重要的犯人直接被巴拉击毙，谁也制止不了他，而报道也借题发挥，在头版头条给巴拉取了个响亮的名字——地狱判官，他从监狱里走出来，其实是奉了魔鬼的旨意。

当正义走向一种极端，便与罪恶没了丝毫差别。巴拉没想到上司会说出这么有哲理的一句话，当然，他并没有露出震动的表情，而是非常冷静地回答："如果警队觉得我错了，大可以拿出证据控告我。"

当然，没有人拿得出证据，巴拉击毙罪犯的时候总是在法律允许的范围内进行，至少他自己是这么解释的，因为从来没有人看过他"谋杀"犯人。

不过，有一句古语说得很有道理，当局者迷，旁观者清。有位记者这么分析道，巴拉的行为严格说来并不是正义病，而是复仇症，接着他列出了许多证据，说巴拉内心深处对蹲监狱十五年感到愤慨，而警方并没有抓到那个陷害巴拉的人，所以，复仇者痛恨一切罪犯，非下杀手难以解恨。

这种解释分析得合情合理，有事实依据，推理也颇具逻辑，就连巴拉自己也兴致盎然地看着这篇报道，说，写得好，一连说了好几次。队友看了这种情景纷纷表示惊讶，既然判官自己都承认了，便说明问题只是浅层次的，只要找到真正的凶手，警队便会恢复平静。

可是，十五年前的那桩案子翻来覆去看了几十遍，也没能找到凶手的影子。倒是巴拉，跟着翻出了很多旧案，接二连三地全部破获。这本是值得庆祝的事情，可惜，几乎所有的同行都不敢多说一句，因为巴拉杀的人越来越多，他的正义病已经变得疯狂。

人生就是这样，一个人似乎经历着许多的轮回，恰如巴拉，在出狱后不到一年，又进去了，治疗正义病的唯一方式便是回到从前的环境。或许有人感到疑惑，凭什么将巴拉送回监狱？这种行为简直就是对正义的挑衅，而且，正义最终输了。

事实当然不是这样，正义永远都不会输，因为真正的正义是不会带有任何仇恨的，更不会失去最基本的人道主义。在警务司历时半年的调查后，终于找到了当初陷害巴拉的凶手，他已经死了，被巴拉所杀，死亡地点便在那所监狱。

当初巴拉意外听到新来的犯人谈及自己的光荣史，其中便有巴拉被误抓误判的桥段，可惜，当时没有录音，也没有任何人能证明，巴拉唯一的办法便是充当判官，用铁腕迫使对方说出所有的秘密，以便自己洗脱罪名，然后愤怒地制造了自杀的场景。

正义病确实令人生畏，但却并不是先前报道所言的来自监狱的生活，而是在每个人的内心深处，当不能把正义刻在一个人的灵魂深处，正义便很容易生病、叛逆、疯狂。

世间最美，不过蒙娜丽莎的微笑

女孩说，我叫蒙娜丽莎。凯莉便笑了，有种想要接近女孩的冲动。

凯莉是一名画家，去拉马拉本是看望男友，却没想到刚踏上这片土地便遇到这样一个女孩，傻傻地朝着你笑，但那张脸上却有很多疤痕，显然与真正的“蒙娜丽莎”扯不上半点关系。

“蒙娜丽莎，你家住在哪呀？”凯莉蹲下身子问道。可女孩却不说话了，一双眼大概是被大风刮久了，红通通的，浸着泪水，勉强才吐出三个字：“杜米斯。”

杜米斯经常出现在国内各大报刊上，那是这个地区最大的一座难民营。凯莉的脑海瞬间出现一幅图画，眼前的女孩躺在一堵烂墙下，空气中弥漫着血腥的味道，一只苍蝇停在她的脸上，但她却一动不动。

女孩一定饿了，凯莉把包里所有的压缩饼干都拿出来，塞在她手里，想了想，又把脖子上的围巾取下，紧紧地裹在女孩的身上，然后满意地点点头，看着女孩幸福的样子，忍不住当场拿出画架，刷刷几笔，一幅凯莉版《蒙娜丽莎的微笑》便完成了。

“这是我来拉马拉的第一幅作品。”凯莉在男友面前炫耀，但男友却不置可否，不断叮嘱她要小心，拉马拉城的小孩比大人更危险。凯莉认真地点点头，毕竟男友是真正为自己着想的人。

但第二天，凯莉便改变了看法，因为在比瑞德街头，她再次看到了蒙娜丽莎，她捧着那条围巾，就像捧着圣物一样，看到凯莉便奔过来说："上帝保佑你。"接着便把围巾交还给凯莉。

蒙娜丽莎很丑，但却是一个特别的女孩，望着前面飞奔的背影，凯莉再次陷入沉思，第二幅图瞬间在脑海里成形。这就是收获，一个画家最想要的便是这种灵感。凯莉随手把围巾套在脖子上，准备就地创作，却突然觉得脖颈一阵刺痛。

围巾里竟然包裹着一个小小的铜钉，太可恶了，早就在报纸上看过报道，艾滋病患者为了报复这个世界，常常把沾满自己血液的钉子放在路边的凳子上，很多行人都平白无故受害。没想到这样的悲剧竟然降临到自己头上，而且对方还以怨报德，太可恨了。

幸运的是，经过测试，血液呈阴性，凯莉和男友都松了一口气。这世界疯了，连小孩都干这种勾当。凯莉气愤地说："不就杜米斯吗？我偏偏就是要过去把她找出来，蒙娜丽莎，没想到连微笑都是假的。"

杜米斯的管理者是个英国人，名叫普雷第，听了凯莉的投诉后，先是一阵惊愕，接着便对身边的人说："把蒙娜丽莎叫过来，太不像话了。"

可是，蒙娜丽莎没有来，有人向普雷第报告，蒙娜丽莎宁愿不吃饭，死死抓着宿营广场的栏杆不肯过来，手都快打断了。凯莉彻底被激怒了，她对普雷第说："既然她不愿来，我就过去，我倒要看看，小小年纪到底是受谁指使干这种丧心病狂的事。"

在广场，当凯莉站在蒙娜丽莎的面前，结果却并没有按着原来的计划走下去，蒙娜丽莎显然刚刚垂死挣扎过，脸上毫无血色，但看到凯莉，却一下子兴奋起来，"求你了，请您亲手把那颗铜钉交给我吧！”到了这个时候，她还在提要求，凯莉带着愤慨与不屑，问：“凭什么？”

接下来，凯莉简直无法理解，蒙娜丽莎竟然弱弱地说：“我想有个妈妈。”还好普雷第，这位谙熟拉马拉文化的慈善服务者解释，在这个地区，铜钉代表母爱，你把铜钉交到她手里，就代表着你对她女儿一般的爱。接着，普雷第还指着铜钉上面的字母“M”说，看，这就是证明。

蒙娜丽莎所做的一切，当然不是为了真的要凯莉做母亲，而是想让杜米斯难民营的其他孩子看到凯莉送她铜钉的情景，哪怕这一切都是假的，因为这些年来，大多数孩子都被远方来的白人资助甚至收养了，但蒙娜丽莎却因太丑而变得愈发孤单。

她太需要我们的爱了，凯莉拿着手里的第三幅画对男友说：“《蒙娜丽莎的微笑》也抵不过她的真情，我以主的名义发誓。”

这种环境下是不存在朋友的。

科罗拉多监狱为了控制犯人的行动，大力推行举报制，所以，当凯恩发现比特迅速地把什么藏在裤兜里时，他丝毫不动声色。

洗浴的时候最好下手，凯恩估计得没错，乘着比特擦眼睛的刹那，迅速换走了那条裤子，躲进了厕所。他紧张地摸索出一张纸，果然有货，一张十万元的支票，纸上面画着一支玫瑰，一定是他和女朋友准备婚礼用的，还有一张地图，科罗拉多监狱的地形图，后者才是重点。

其实凯恩知道比特的情况，他捅了一个男人十几刀，刀刀毙命，但比特对警察的审问只回答三个字：不后悔。因为那人奸杀了他女朋友，凯恩也觉得，要他也会这么干，所以，他从骨子里敬佩这个男人，如果不是在这里，两人一定能成为好朋友，互相信任那种。

但凯恩终究还是出卖了自己心中的朋友，他太想出去了，七年了，他想念自己的妻子，她的每一封信都充满着对他的思念，她需要他。所以，那张有着重大越狱嫌疑的地图很快出现在监狱长的办公桌上。

通知第二天就下来了，凯恩的行为被定性为立大功，减刑三年，一个月后便可以出去。而比特，有消息说被转移到太平洋上的某个小岛，也有说只是被关进了重刑房，不能动而已，反正有很多种说法，不确切，但有一点是肯定的，监狱广播里说，比特利用大学研究的测量技术画出了精确的越狱路线，罪不可赦，希望所有人引以为戒。

七年都过去了，但凯恩却觉得最后一个月特别漫长。狱警们知道他要走了，看见也会打招呼，喂，表现不错，出去了要请客。这个时候凯恩便会唯唯诺诺，甚至全身都会抖一下。当然，没有人知道他心底深处的秘密，他私藏了那张支票。

过了这么多天都没消息，这说明比特没有说支票的事，或者，他没机会说，没来得及说，难道比特死了？肯定是的。这样一想，凯恩越发觉得愧疚起来，自己太残忍了。

凯恩终于出去了，但出去的第一件事并不是回家。他多方打听，终于在丹佛市郊找到了地方，比特的女朋友就葬在那里，他把一束鲜红的玫瑰放在墓碑前，双手合了个十字，在心里默念，对不起，比特，但我会用一生的时光去照顾你爱的人，你也希望我这么做，对吗?

后来，凯恩举家搬到了丹佛市郊，在那里种了一大片玫瑰，鲜红鲜红的，每天早晨，凯恩都会把最鲜艳的那支摘下来，送到那块熟悉的墓碑前。

可是，谁又会想到，多年以后，比特会回来，他竟然没有死，而是被派遣到阿拉伯地区的一个军事重地，那里需要他特殊的测量技术。当两人同时出现在墓碑前，那一刻，凯恩老泪纵横，他掏出已经发黄的那张支票递过去，说，她一定喜欢你送的玫瑰，我的任务已经完成，是时候把东西还给你了。

可比特却摇了摇头，没有接过支票，看了一眼女朋友的墓碑，他说，我始终相信友谊的存在，不管在任何地方。那天，其实是我故意让你看见我的秘密，我不想在那里待一辈子，她不在了，我只想一死了之，可我不想她孤零零的无人照顾，所以，得知你还有三年就满刑后，我偷偷在支票上留下一支玫瑰，因为我相信你是我的朋友，而朋友一定知道朋友需要什么。

给希望留点空间，生命才能回旋

西西里监狱是一级监狱，虽然坐落在城市的中央，却感受不到丝毫的繁华与自由。卡洛奇自杀过很多次，可惜，狱警连他自杀的权力都给剥夺了。

卡洛奇已经在这个小房间待了整整三年，只有每周放风时能看看“外面的世界”。越狱是绝对不可能，他唯一想做的就是下地狱，因为西西里监狱比地狱更折磨人。

下地狱唯一的方式便是挑衅奥多姆，只要得罪这个狱霸，然后挨上一拳就差不多了。周五下午，一切都进展得很顺利，可就在卡洛奇靠近奥多姆那一刻，整个放风场一片惊呼，不知是谁第一个发现，远处高楼上有一女郎翘首而望，虽然并不确定美女正在观看放风，但寂寞太久的犯人们却已是欢天喜地，似乎那女郎就是属于他们的。

卡洛奇突然想起了自己的妻子，萨利，也是这般让男人着迷，她大概恨死自己了吧。那天，直到放风结束，卡洛奇也没有丝毫行动，因为他决定再给妻子写一封信，把自己的愧疚之情告诉她后再行动。

再一次放风的时候，卡洛奇怎么也没想到，远处的高楼上再次出现一个女郎，手里还举着一个牌子，上面是卡洛奇的名字，后面还有一个鲜艳的红唇。卡洛奇的心似乎一下子复活了，因为那女郎正是萨利，没想到只是在信上稍微提及放风时的感受，她便不远千里地赶到这座城市，只为给卡洛奇点燃希望。

接下来的日子，卡洛奇不断地收到萨利的回信，她说她每周都会在高楼处看他，她会等他出来，永远。这就是爱情，这才是人生，卡洛奇心中似乎有一股热浪在冲击，他发誓，一定好好表现，尽早爬上那座高楼，将心爱的萨利拥进怀里。

卡洛奇没有让萨利失望，就在当年，他就因为立功而获得减刑，接下来的几年，又因为他的出色表现和不断的立功而受到监狱的优待，并最终获得狱外执刑的机会。

那段日子，卡洛奇并没有写信把好消息传出去，而是等到出狱，好好修饰一番后，在星期五那天兴冲冲地爬上那座高楼，他要给自己爱的人一个惊喜。

可惜，故事的结局却是一个悲剧，当卡洛奇走近萨利，才发现那个“萨利”原来只是自己的母亲所扮，真正的萨利早已远走高飞。

所有人都会觉得，卡洛奇一定会因为感动而更加热爱生命。其实都错了，因为我亲眼看见卡洛奇悲痛欲绝地从高楼上跳下去，于他而言，希望没了，生命大概就没了任何意义，所谓自由与幸福更是浮云。

我就是那个为儿子的未来而营造希望的母亲，我爱卡洛奇，但我却忽略了他的感受。儿子的离开让我对生命有了不一样的认识，在现实的世界里，爱并不如我们所想的那样，因为每个充满希望的人都是最脆弱的，就像天堂和地狱一样，一不小心，便越过了界。

如今，我总会告诫身边的每一个人，人生的路上，请务必给希望留一点空间，否则，当需要转身的时候，便会发现已无路可走。

共患难的人，更弥足珍惜

你见过人偷情吗？这真是个卑鄙的问题，但我还是忍不住想问，你真的没见过人偷情吗？

大多数人听到我的问题后瞳孔会瞬间放大，然后很迫切地反问我："你见过？"即便他们没有发出几声尖叫，我也敢肯定，对方心里必然在使劲地琢磨，这人一定知悉一段关于偷情的故事。

没错，这个故事要从1865年说起，地点呢，就在弗吉尼亚州和马里兰州的交界处。我在那里开了一间汽车旅馆，而偷情的具体房间，牌号很不吉利，13，一般人都不愿意接近的数字。

但那对男女，严格来说，应该是一对上了年纪的男女，他们好像生怕被人发现一样，点名要最隐蔽的13号房。即便我一再建议，那房很久没人住，是否要换一间更舒适的，可他们却毫不理会，那神情简直就是在指着我的鼻子质问：关你什么事？

当然不关我事，但一定关他事，你没看见对方那猴急样，好像再迟一分钟，另一半就要飞了似的。我帮忙打开房门，还没来得及介绍一下入住的情况，男人便把我推了出来。然后呢？你们是不是想问，我有没有趴在某个窗口偷窥，又或者早有预谋地准备好了一架望远镜？千万不要以小人之心度君子之腹。

关于他们偷情的判断，至少是在第三次之后，因为他们老是在黄昏时分过来，然后急匆匆地跑去13号房，再然后，你们一定觉得很惊讶，他们不是过夜，而是订钟点房，两个小时后准时离开，相当的罗曼蒂克。

瞧他们的眼神，满足感不言而喻，真是没想到，这么大年纪的一对还这么有激情，难怪英国人总说，海对面那块神奇的土地，什么人才都有。果真是这样。

当然，这只是我的个人想法，事实又岂一个“单纯”了得！那对男女的确是有情，但那情却绝不是偷来的，因为在一年后，也就是1866年，当我准备卖掉全副家当——当然也包括这家汽车旅馆——准备回南方时，他们闻讯而来。

他们要买下13号房，或者说，永久租下它。为什么？要知道，没有了13号房，这便是一间不完整的旅馆，我很可能再也卖不出去。这是很正常的理由，我很抱歉地拒绝他们。可是，那个男人却突然动情起来，拉着女人的手说，放心。

他们有什么在心里放不下的？当他们跨出旅馆门那刻，我忍不住叫了一声，是的，如果不介意的话，我真的很想知道他们到底有什么秘密，庆幸的是，他们告诉了我一切。

故事其实还要往前推，四年前，也就是1861年，男人和女人在这里碰头，他们是北方革命军的联络员，在炮弹纷飞中，僻静的13号房成了他们的接头地点，他们冒着枪林弹雨，许多次，为对方从身体取出子弹、消毒、包扎，在这些残酷的环节中，他们生存了下来，并陷入了狂热的爱恋。

他们约定，等到战争结束，和平来临，两人便在一起，永远不再分离。这个信念让他们一次次走出死亡的边缘，直到1865年，南北战争的硝烟终于散去，他们便第一时间来到这座旅馆，毫不犹豫地订了13号房。

男人和女人身上都带着旧伤，只能做一些简单的活儿维持生活，所以，即便订13号房，也只能选在最珍贵的黄昏时刻，因为这个钟点，正是当初他们接头，互相疗伤的时刻。

我一直不知道，他们关上13号房门之后的那两个小时到底做了些什么，我想你们也想问这个问题，但非常抱歉，我无法回答。离开弗吉尼亚那天，我只做了一件事，把汽车旅馆的钥匙交给那对让我肃然起敬的夫妇，便转身离开。

有些东西，永远都无法还原

帕克尔心事重重，因为有人正向他宣战。

这个人叫米娜，若干年前，她还是帕克尔的追随者，可现在不同了，因为她的智慧，其身份在一波三折后成了帕克尔夫人，如今，大家都叫她夫人。

帕克尔是一位非常著名的哲学家，他对还原论的挖掘在学术界可谓先锋之作，任何一个物品、事件，都可以用他的还原论回归到本源，比如脸红，是因为人体交感神经受到刺激，肾上腺素等儿茶酚胺类物质分泌增加，从而使人的心跳加快，毛细血管扩张，即表现为脸红；再比如航母，他可以一步步还原下去，直到最本源的那个点，让人一目了然，觉得世界原来是这么真实。

帕克尔为自己的发现感到兴奋，为了把还原论进一步完善，他废寝忘食，全身心扑在一大堆哲学的著作里。这本是件好事，但米娜不高兴了，凭什么别人可以和丈夫去夏威夷度假，去巴黎听歌剧，而自己要整天守候在书房门外？她是一位女权主义者，所以，在某个夜里，战争便爆发了。

既然什么都可以还原，你把爱情还原啊，两个人为什么会相爱？帕克尔听到这个问题的第一反应便是思索，思索什么是爱情，自己当初为什么会爱上米娜，现在的状态，如何用还原论去剖析它，与过往的每一个细节有序地联系起来。

这需要一个过程，在帕克尔还没来得及给出答案，米娜便走了，不知道去了哪里。帕克尔曾经想过要去寻找，但想到再次面对的时候，如果不能回答关于爱的还原问题，两人之间的战争还是不能停止，所以，帕克尔开始更加拼命地进行自己的研究。

这场战争整整持续了三年，连帕克尔自己也不清楚，自己到底翻阅了多少关于社会学、医学等著作，甚至还在某场心理学讨论会上发出惊人之言，如果你爱的那个人和你在一起后，她慢慢变了，甚至说，她完全不像你当初看到她的时候那个样子，那么你还会爱她吗？如果爱，这是不是背叛爱情呢？

关于爱情的背叛，其实最终还是要回到还原问题，帕克尔从物理的角度终于找到了答案，那些关于性、关于雄性激素、关于某条隐藏的神经线等理论，每一条论述都让读者兴奋不已，甚至有些报刊专门出了爱情还原论这个专题，对帕克尔的作品进行连载。

你一定会问，那米娜呢？她有什么反应？这个问题帕克尔也很想知道，三年时间让他明白一个道理，他需要米娜，所以，他在各大报刊发出了消息，只不过，出于一个男人的自尊，那只是一条征婚广告，尽管所有条件都是为米娜所设。

米娜呢？她到底有没有回应爱情的还原？那么，我们从一个旁观者的角度来分析吧，确实，米娜看到了征婚广告，她也拿起手机拨打了那个电话，她想回到丈夫身边，只不过，为了不让对方知晓，她换了卡，出于一个女人的试探，爱情的试探。

可惜，只有帕克尔自己知道，他心中只爱米娜一个人，因为在不断响起的电话铃声里，他只会轻轻一瞥，不是那个熟悉的号码，他决然不接。

世间万物到底能不能通过还原论来做一个终极解释？很多人读

了帕克尔的理论之后，得到了肯定的答案，原来世界这么奇妙，这么简单。可谁又会想到，帕克尔自己会重新推翻自己，因为在某个夜里，他发现有种难以名状的感觉，抓不住，摸不着，若有若无，让他特别不安，因为，它无法还原。

这是一种无法还原的感觉，如果米娜能够鼓起足够的勇气，回到帕米尔身边，她一定要告诉他，那是一个非常难受的字：痒。

谢谢你的信任，我才有今天的美

我怎么也没想到，七年之后会遇见尤丝丽。严格来说，还不算遇见，只是突然收到她的短信，说同在匹兹堡，有时间聚聚。

尽管只是口头约定，却足以让我兴奋一整夜。对于尤丝丽，我有太多太多话想说，从某种角度上讲，她是影响我人生走向的一个人，至少在我心里，觉得她占着很重要的位置。

七年之前，我和她是同学，同一个班级，却完全属于不同世界，她美丽动人，更重要的是成绩优秀，在老师眼里，她就像一块玉，一块美玉。而我，嘴笨手拙不说，即便整天趴在实验室，成绩依然是惨不忍睹。不过，那毕竟已成历史，如今的我稍有成就，回想过去，总忘不了尤丝丽这个名字。

我对尤丝丽的真正接触并不是在高中时代，而是在毕业之后的那个暑假，同学们各有收获，南飞北去地各奔前程。尤丝丽虽然发挥不大理想，但毕竟还是比我高出了好几个档次，轻而易举地就进了阿肯色州的一个大学。

班长哈伯德如愿以偿地去了英国，临行前邀请全班同学去他家狂欢，我也懵懵懂懂地奔了过去。就是在那天晚上，大家都喝了许多酒，哈伯德向尤丝丽表白，很感人的一段，我记得清清楚楚，尤丝丽的眼睛透着幸福的光芒。不过她并没点头，我想那大概是少女的矜持吧！

但后来我却并不这么认为，那晚临睡之前，尤丝丽说要上厕所，因为在郊外农场，很不方便，哈伯德开玩笑说，将就点，去栅栏那边解决好了。哈伯德有意当个护花使者，但尤丝丽却突然指着我说："来，在后面帮我看着。"

那个晚上，虽然什么也没发生，但尤丝丽对我的信任却让我大为感动。我在床上整整翻滚了一宿，搞得睡在一旁的同学都莫名其妙，甚至安慰我，不上大学没什么大不了，条条大道通罗马。

要不是同学提醒我没考上大学，我想自己说不定也会冲动地向尤丝丽表白，当然，这话我至今都没敢跟其他人说。可如今故人重逢，听说她刚和男朋友分手，我内心又忍不住翻滚起来，尤丝丽，这个我曾经守护过的女孩，如今她对我又会是什么样一种感觉？

为了体现自己的周到，我特意把见面时间安排在周末的晚上，她不用上班，我也比较空闲。在花店里拿了一束鲜艳的玫瑰，在半路又把它送了回去，选了一支最鲜艳的藏在西装的内侧，想着给她一个惊喜，但又不失品位。

七年了，尤丝丽还是那么漂亮，尽管化的妆有点浓，身上的衣服有点少，但我片刻就说服自己，淡妆浓抹总相宜，穿少一点又没犯罪，更何况自己也没资格去要求别人的穿着。

我们的聊天不咸不淡的，一个多小时过去了，还是谈不到心里去，这让我很尴尬，因为在高中时代，我们也没聊过两次。但我并不打算放弃，我望着她，很诚恳地讲起在哈伯德家的那个夜晚，我想说感谢她的信任，正是她的信任，至今仍鼓励着我向前奋进。可我的话还没说完，尤丝丽却大声打断我说："你别讲了！"犹豫了许久，又对我说，"非常抱歉，那个时候故意让你出丑，是我的不对，请你原谅。"

尤丝丽的话让我想起十年前的那个晚上，当我跟着她屁颠屁颠地往栅栏走，所有同学都在大笑、吹口哨的情景，我一直认为那是大家开心，却没想到原来含有别样的意味。而更让我失落的是，尤丝丽竟是故意那么做的，而我，完完全全是个大傻瓜，还妄想着自己喜欢的女孩也有一点点喜欢自己。

尤丝丽还在说她如何内疚，如今又是如何地欣赏我的成就，声音虽然一如当初那么甜蜜，但我却突然觉得有点变味。坚持坐了一会儿，便结账跟她说再会，当然，我没打算再和她产生什么交集。

回到家里的时候，我重重地叹出一口气，觉得特别疲惫。可当我脱下西装的时候，却突然发现那只鲜艳的玫瑰已经不在，我在心里焦急地祈祷，那支花千万不要掉在自己坐过的地方，如果让尤丝丽看见了，还以为自己对她心怀恋慕。可就在这个时候，我的手机突然收到短信，是尤丝丽发来的，只有两句话，她说："你的玫瑰真漂亮，但我知道自己不配。谢谢你的信任，明天我将离开这个堕落的城市，重新做人。"

冷静，只属于那些真正光明磊落的人

尼德收到短信，只有两个字：快逃。

为什么？尼德冷冷地笑了两声，自己是猎手，该逃的应该是那些可怜的猎物。所以，一番乔装打扮后，尼德潜回伦敦，出现在那间黑暗的小屋子里。对方有点惊讶，但很快恢复平静，留下一张纸条，便转身离开。

尼德是个经验丰富的杀手，所以，在到达纸条上所写的林肯画院之前，他已精心换了装，一副风度翩翩的样子，潇洒地进去，安全地出来，非常顺利。

这个过程中，尼德没有做出丝毫动作，但他那双锐利的眼睛却已发现问题所在，大厅那幅名叫《杀手的影子》的画作，受害人躺在地上，凶手手里拿着一把匕首，惟妙惟肖，简直就是对自己的素描。难怪主顾会紧张地催他快逃，他一定是在电视上看到这幅画，以为尼德已经被人发现。

不过，尼德并不担心，他心里已经有了完美的计划，只要干掉画家，便没有人知道事实的真相了。

至于这个画家的住址，就在华盛顿街尾，谁叫对方是名人呢！尼德忍不住又冷笑了几声，这是他第一次不是为了钱而动了杀机。

当天夜里，尼德轻车熟路，很快便摸进画家的卧室，举起手中的枪，捅了捅躺在床上的画家。他并不想立刻结束这场游戏，因为他心里还有一个结，画家当时到底躲在哪里？为什么对方看到杀人的一幕，而自己却惘然不知？

画家慢慢地爬起来，但神情却并不慌张，这种情景再次让尼德觉得对方不简单，他缓缓地放下枪，坐下来，他想好好和对方聊聊那幅画的事儿，当然，现场完全在他控制之中。

不过，令尼德再次意外的是，画家竟然先开口了，问他："你是不是想知道，我怎么会看到你杀人的一幕，我的回答是，我没有看到。"

这怎么可能，尼德显然不安起来，如果不是亲眼看到，自己的背影为什么那么像，还有那手臂，那侧着的脸，这个世界没这么巧。

这当然不是巧合，画家竟然坐下来，打开身边的台灯，继续说道，印象派画作有一个鲜明的特征，那就是注重神韵，用粗糙的线条去勾勒内在的含义，我并没有刻意去画你，你只是和杀手具备共同的气质罢了。

尼德就像一个小学生般，静静地听着画家的分析，这是他第一次听别人剖析自己的特征，从外到内，让他无所遁形。幸好，对方只是一个画家罢了，而且，还是一个即将消失的画家。

屋子里的气氛在灯光的渲染下，显得有点恐怖，尼德终于举起手中的枪，他已不想再听下去。可是，当一声枪响，倒下去的却并不是画家，而是尼德，几个警察从窗外扑杀进来，瞬间将尼德制服。

画家终究是骗了自己，原来对方真的看到自己杀人的一幕，自己终究还是不够冷静，尼德使劲地瞪着画家，眼睛里似乎要射出刀子般。

然而，画家却并不害怕，甚至还走近了几步，继续他关于绘画的理论。他说，他确实没有看过尼德作案现场，之前的每一句话都是真的，之所以会出现警察，则要从尼德出现在画展说起。

一个人无论走到哪里，无论他如何乔装打扮，还是那句话，他的气质不会改变，更何况是在那幅《杀手的影子》前，尼德突然散发的杀气一下子把他的习惯性动作暴露出来，保安们在镜头里看见，一个男人的身形动作跟那幅画里的人一模一样。保安觉得好笑，但画家得知后却立刻报了警，所以才会有尼德被枪击的一幕。

在被手铐铐上那刻，尼德心里一直有一个念头挥之不去，每个人都有一道影子，无论怎么隐藏，越黑暗的地方，它就越清晰。冷静，只属于那些真正光明磊落的人。

每一种伦常，无须刻意求成

切萨雪敏捷地拐过街头，躲进那家陀罗门咖啡厅。可惜，她还是被那个男人发现了。

他猥琐地在门外张望，这让切萨雪很崩溃，她已经被跟踪好一段时间了，有一次，她甚至已经报警，可这个男人从警局出来后，依然如故。

此刻绝对不适宜回家，切萨雪心里有种愤怒感，很想拿起桌面上的刀叉冲出去：没见过这么不要脸的男人。但真要拿起刀叉，切萨雪心中却不由得怯了，毕竟，这个男人只是想表达一种感情，别无他意，至少她还没发现。

只能找人帮忙，切萨雪掏出手机，动作拉伸得很大，她希望门外的男人赶紧滚蛋，可这招并没有用，眼角扫过去，她甚至发现门外的男人有想进一步靠近的迹象。再也不能犹豫了，切萨雪拨通了一个电话，她知道，接电话的人一定会以最快的速度奔到自己的身边。

接电话的人叫恩佐，这几年，恩佐一直守在切萨雪的身边，他说过，不管等多久，对切萨雪的爱都不会改变。而且，事实也证明，他从未放弃。

可惜，切萨雪喝了一口咖啡，为什么自己总无法接受恩佐，为什么自己不相信爱情。切萨雪的手颤抖了一下，咖啡溅了出来，落在她的裙子上。

用纸巾擦拭裙子上的咖啡时，切萨雪似乎忘了自己是躲在陀罗门，外面还有一双邪恶的眼睛，可惜，被玷污的地方无论怎么擦拭都恢复不到原来的样子。这样想着，切萨雪不由得更伤感起来，母亲一直告诫她，不要被地中海的风情所迷惑，所有的那些男人骨子里都充满邪恶。哪怕自杀都要留下遗书，里面的文字都是对男人的恨。

因为母亲痛恨男人，所以切萨雪至今仍无法去爱，即便对方可能并没什么恶意，切萨雪经常尝试去说服自己，就像此刻的咖啡屋，她又陷入了沉思。

一只手突然搭在她的肩膀上时，切萨雪简直惊叫出声，她以为是门外那个男人偷偷溜进来了，还好，回头看见的脸很熟悉、很温暖，他是恩佐。

切萨雪示意外面有人盯着，恩佐便笑了，轻松地甩了甩肱二头肌，一副守护神的样子，他总是那么善解人意，切萨雪有种特别的安全感。

可是，门外的男人不知是不是疯了，看到这一幕，突然冲向切萨雪，整个咖啡屋刹那凝固。

不过，恩佐没有让任何人失望，只是一拳，干净利落，那个男人便倒在地上，嘴角淌着一丝血迹，但却仍然顽固地慢慢爬起来。

恩佐轻蔑地看着对方，一只手护着切萨雪，还要上去再来一拳。可是，切萨雪却一把拉住他。这是可以理解的，女孩子天性柔弱，可让恩佐无法接受的是，切萨雪竟然挣脱他的手臂，向前要去扶那个受伤的男人。

奇怪的是，那个男人退了一步，又看了一眼恩佐，脸上甚至还露出一丝微笑，良久，只说了几个字，我再也不会找你了，放心。然后便转身离开了。

没有人看得懂这是什么意思，只有切萨雪自己知道，真正恨这个男人的是母亲，因为当年是他强奸了自己的母亲，而他之所以来找自己，只是想对女儿好点，而当他看到女儿身边有一个可靠的人时，离开，便成为必然。

切萨雪默默地站在那里，觉得裙子上的咖啡依旧若隐若现，她不知道该怎么去表达自己，这个世界有太多奇怪的感情。她只能告诉自己，生命无限好，每一种伦常，只要坦诚面对，无须刻意求成。

再努力的人，也会被欲望打败

“那是一根充满魔力的手指，”西里弗主教的声音有点颤抖，他说，“手指的主人曾是尼尔，传说中撒旦最偏爱的仆人，他花了十三年的时间在人间收集了成千上万只罪恶的手，然后用最邪恶的米拉米邪咒将它们封存在地狱，十三天后，一根手指便被锻造了出来。”

关于这根手指的详细资料，已无从查证，西里弗主教为什么会突然提起，而且还是公开场合，毋庸置疑，一定是这个手指出了问题。

四百年前，这根手指曾出现过一次，一位普通的年轻人长了一根奇怪的手指，倒不是这根手指的形状有什么异样，而是它的魔力，只要它指向哪里，哪里就有杀戮、奸淫、战争等种种灾难。

按照正常的推论，年轻人应该感到恐惧害怕才对，可是，或许是这根手指的巨大魔力，这位年轻人变得不能自拔，他似乎爱上了用手指去指那些他想要的东西，这栋楼我喜欢，这个女人不错，这个职位很适合谁。结果，一切都会如他所愿，因此，在长年的随心所欲下，这位普通的年轻人变成了巨大财富的拥有者，权力的集中者。

有一种说法：到了后期，这位拥有魔力手指的年轻人其实已经不需要手指的力量，他本身所拥有的权力已经足够他去得到一切他想要得到的东西。但是，最后的结果却并不如年轻人所愿。

不知道为什么，那根手指开始不听话了，总喜欢东指一下，西指一下，也不知道出于何种缘由，总之，并非年轻人的本意，这根手指总爱把一些权力彰显出来，以年轻人家人、朋友、亲戚的名义。

这根手指不仅控制了年轻人，还开始控制年轻人身边的人，这就是魔力所在，欲望会在一根手指的指挥下不断蔓延，不顾一切。

这位年轻人到底是谁，或许是他不愿意让世人知道，所以，一切记载的资料里都没有他的名字，但关于这根手指，最后的结果可能连尼尔本人也意想不到，年轻人面对着《圣经》，右手拿着一把刀，狠狠地切断了那根手指，鲜血飞溅在《圣经》的扉页，显得特别诡异。

从此之后，那根手指不知所踪，传闻许多追求成功的人曾为寻找这根神奇的断指而不顾一切，可惜，断指成了一个永恒的谜。

可是，谁又会想到，西里弗郑重地宣布，断指出现了，就在这座教堂后面的悬崖处。说到这里的时候，西里弗一脸严肃，而下面的教徒也忍不住一阵躁动，这怎么可能？！要知道，西里弗的双目早已失明，他凭什么说自己亲眼看到断指就在那里？不过，或许是断指本身确实具有极大的魔力，教徒们还是蜂拥着要去看看。

事实上，西里弗确实没必要骗人，而且，当所有教众挤到悬崖旁，果真看到一根闪闪发光的断指悬浮在那里。

有没有人想去得到它？拥有断指，便是拥有一切，当然有，但在这座教堂里，所有人都是虔诚的教徒，他们早已放弃了世俗的繁华，断指能带来的东西，于他们而言早已没有意义。可是，当西里弗徐徐前行，凭着一种自然的指引，他的手终于碰到了那根断指，他当然不是想要通过这根断指去拥有什么，但是，断指瞬间便与他的手合二为一，他成了断指的主人。

关于断指的记载，并没有关于西里弗的种种，也就是说，西里弗并没有被断指所控制，也没有在欲望的漩涡变成魔鬼。有人说，西里弗在拥有断指的那一刻，果断地跳下了悬崖，断指也随之再次销声匿迹，人毕竟是可以战胜欲望，掌握自己命运的人。但愿这个结局是真的。

愿意流泪的人，更懂你的感动

眼泪是一个非常简单的词汇，它是一种弱酸性的透明液体，其成分中绝大部分是水，并含有少量无机盐、蛋白质、溶菌酶、免疫球蛋白A等其他物质。这是我特意查找的答案，很科学，却完全没能解决我的问题。

身边的人常嘲笑我，一丁点儿的事发生，哪怕秋天的一片落叶飘过，也能引得我泪腺扩张，晶莹剔透的水珠儿从脸颊滑过，其实，我也觉得挺丢人。

或许，有人觉得，不就是流泪吗，感情丰富一点并不是什么坏事，我同意，但是，当那些词汇，如梨花带雨、泪如泉涌等真真切切地在形容我时，你们换位思考一下，你受得了吗？对了，你还是个男人。

我真是个活得挺窝囊的男人，为了治疗自己的眼泪，也曾偷偷找过医生，无比沉重地说，自己是个容易被感动的人，但自己毕竟是个男人，有没有办法，把我弄得坚强一些。

医生是好医生，但这容易流眼泪的病却连病都没有被定义上，因为在我看病的时候，门外送来一大批从车祸中抢救出来的病人，医生看了我一眼，说要去急救室。然后，非常自然的，我也不知道为什么，自己微微笑了一下，那一刻，我看见医生一脸不高兴。回到家很久我才回味过来，医生认为我在无理取闹，看到那么惨重的车祸抢救还笑，真是残忍。

我也觉得，自己怎么会不流泪呢？这不可能，所以，我拼命地回忆那一张张扭曲、带血的脸，想着他们的家人会如何悲痛，想着手术室里伤患的疼痛或者当场死亡，可是，整个过程下来，我没有流泪。

因为这种奇怪的现象，我开始自己查询一些相关的资料，关于流泪的种种说法，我基本认同一种看法，强忍眼泪不利于健康。这样一来，我常常流泪便是非常好的一种习惯了，大不了就是躲起来，偷偷流流眼泪罢了。

多年后，我几乎已经忘记了流泪这回事，因为那已经成为我的一种生活习惯，但是，那天，当我的父亲撒手人寰，看着亲朋好友号啕大哭时，我却再次陷入尴尬的境地，和多年前在医院看到车祸抢救的感觉一样，好像认为这没什么大不了一样，每个人都有自己的命运。所以，眼泪硬是没有流下来，一滴都没有。

一位远房亲戚看我蹲在地上，走过来，拍拍我的肩膀说，不要太伤心，节哀顺变。我站起来，抬头看见她一脸的泪痕，我还没说话，她的眼泪便又涌出来，这让我很紧张，赶紧说："不要哭了，不要哭了……"然后，其实我也不知道自己到底说了什么，只知道这位远房亲戚后来对我甚为不满，因为她看见，我竟然平静地带着微笑。

我到底是个感情丰富的泪人儿还是冷血的硬汉，如果有得选择的话，我愿意是后者，至少，我可以控制好自己的感情，即便别人并不理解我也没关系，因为我很强大，能够很好地处理身边的点点滴滴。

可惜，我终究是我，还是同样的夜晚，当我看见一轮明月冉冉升起，大海的远处闪烁几处灯火，那一刻，我忽然发现，自己已经泪流满面，这个世界，到底什么样的情感才是真的呢？

灵魂生了病，上帝才是医生

刺痛，从双腿蔓延到腰部，再到胸腔，我甚至感觉到神经末梢的颤抖，我看见，那辆车疾驰而过，从我的身上。

但是，当我站起来，慢慢的，裤脚与白色斑马线拉起一条血丝，长长的，但我却不觉得疼痛，转身，跨出右脚，血丝断了，我没有回头。

那辆车的号码我记得，H字开头，后面两位数字是十三，我第一感觉便是Heaven，通往天堂的意思，但是，我无暇多想，前面有更重要的事等着自己去做。

我的病人住在科马迪亚街，尽头，朝南，他是个奇怪的病人，只在傍晚六点接受我的治疗，现在，还有十分钟。

或许，我有必要利用这十分钟来谈谈这个病人，他是个男孩，挺可爱的，但不知为什么，总说自己看到姐姐，还特别强调，姐姐需要他的帮忙。这本是一件非常温馨的事儿，但问题是，当我询问他的父母后才知道，男孩的姐姐，其实在去年便已经去世。

我不便追问一个女孩的死亡经过，但作为医生，我却无法忽视一个男孩恳切的眼光。我决定帮他，半年来，我一遍又一遍地在小男孩身上使用心理治疗法，可惜，效果并不显著。

直到后来，当我站在西斯廷亚大教堂，听牧师祷告：神告诉我们，如果他放不下，最好的方式便是帮他拿起。

那一刻，我顿悟，或许，自己从一开始便走错了方向，既然男孩说，姐姐需要他的帮助，自己为什么不帮助他去完成这个夙愿呢。

这是最后一天的治疗，按约定，如果达不到效果，便要放弃，所以，我不得不加快脚步，在科马迪亚街上快跑起来，虽然人很多，但我却没有感到任何的阻碍，甚至不小心撞到一位老人时，对方也毫不在意，愿上帝保佑她。

这个时候，男孩的父母一般都出去散步了，我轻车熟路地推门进去，直奔二楼，男孩就在那里。

“你姐姐需要你做什么呢？”

“她说，让我把放在柜子顶上的芭比娃娃拿给她。”

我记得，在一次聊天中，男孩的母亲曾告诉我，她的女儿最喜欢芭比娃娃，而在去年女孩过生日那天，她给女儿买了一个芭比娃娃作为生日礼物。

如此说来，男孩并没有撒谎，但问题是，女孩已经死了，她怎么可能告诉弟弟，而不是别人，去帮她拿自己的礼物呢？

“但是，”我耸了耸肩，说，“这里并没有柜子，更没有芭比娃娃。”

“柜子在爸爸的书房。”

从男孩哪里得知，柜子在书房楼？他从来没有进去过，事实上，男孩很想进去，只是父亲从来不允许他靠近而已。

我对男孩的说辞深信不疑，因为第一次来到他们家的时候，男孩的父亲带着我参观了这座复式楼房，什么地方都可以看，唯独三楼的书房，对方含糊其辞，意思很明显，私人重地，外人免进。书房里面到底藏着什么秘密，为了男孩，我决定偷偷进去看个究竟，带上男孩。

门紧锁，我费了好大劲才用一根铁丝捣鼓开，咔嚓一声，门开了。房间很小，柜子几乎占了三分之一，而一只硕大的芭比娃娃果真躺在上面，异常诡异。我抱起男孩，使他能够到芭比娃娃，那一刻，我觉得特别欣慰。

当男孩抱起芭比娃娃，满足地回到自己的房间，我并没有跟着进去，我想，这个时间，应该属于他和姐姐，而且，我并不想告诉男孩，就在那个芭比娃娃旁边，有一条白色的小短裙，上面沾满了血迹。

我的任务是完成对一个病人的治疗，至于此外的一切，我并不想多加干涉，或者说，那不是我能治疗的病。

走在回家的路上，有件事让我一直想不通，当我去跟男孩告别时，发现他的精神明显好了许多，但当时我就觉得特别不对劲，直到一阵风吹过，我才想起，那只芭比娃娃不见了。

所有的一切都那么地让人捉摸不透，关于男孩，还有男孩的父母，他们一定有很多故事。可惜，我再也无法去想，因为在那条熟悉的路上，我看见一群警察正在处理一起交通事故，记者正对着镜头感慨，车祸发生在两个小时前，遇害者是著名的心理医生——费舍理先生。

我彻底了解了那种病的根源，唯有上帝才是医生。

所有的努力，都抵不过肉体与灵魂的双重防伪

斐利一向认为，人是有原罪的，灵魂与肉体之间，有一种关乎生死的微妙东西，但具体该如何描述？每当孩子们疑惑地问起时，他便会无限伤感地回答：“潘多拉的盒子已然开启，我们都是有罪的人。”

德尔泰奇勒是一座有名的贵族小学，这里的教育与英国其他学校有所区别，它更注重人的内在培养。很明显的一个特征便是，那些名人绅士的孩子，只要有机会，都喜欢往这儿送，这是传统，百年来的贵族传统。

斐利这个人，很有个性，或许正因为如此，他才成为德尔泰奇勒最有名的老师，那些特立独行的思想往往更能吸引学生的注意力，而且，他并不是胡说，他有一套完整的理论，愿意接受任何人的质疑。

但谁会想到，这么年轻有为的老师会生病，用他自己的话说，“灵魂出窍了，它愈行愈远，正奔向一个陌生的世界。”可这显然不对，因为在医院那段日子里，斐利是痛苦的，如果灵魂可以超脱，为什么还会感觉到肉体的疼痛？

痛不欲生，斐利不得不承认，自己还是个俗人，自己有病。有病就应该治疗，坎贝尔校长亲自将他送到最好的医院，可诊断的结果却让所有人几乎崩溃，癌症晚期。

斐利知道后，久久未能平息，他最终选择了

回家，最后的日子里，他想一个人静静地思索，或许，关于生死之间的一些问题，这个时候恰好会有最好的解释。

三个月，医生划定的时间界限内，斐利想了许多，以一个病人的身份。世界仿佛是全新的，他仿佛看到了远方交界处，一切罪与恶剥离躯体，唯有灵魂净化在无限的空间。

斐利要死了，所有人都这么认为，德尔泰奇勒的孩子们甚至已经做好了葬礼上的礼物。然而，没过多久，斐利欢快地回到了学校，医生证明，他很健康，但却说不出原因，所有检查指标都变得非常正常。

之前检查失误？没有。那就是“回光返照”？但过了很多天，斐利还是激情昂扬地在校园里唱他的诗。

斐利要求重新回到岗位，孩子们需要我，他比以往更充满自信。可是，坎贝尔校长却露出为难的脸色。或许，这里确实有些难以启齿的东西，但出于最大多数人的最大幸福，校长用非常理性的话语解释，希望斐利好好休息，有病，还是应该好好治疗。

可惜，斐利有自己的一套原则，他坚持要为自己的灵魂教育而努力，换句话说，他坚持留在自己的岗位上。

只不过，斐利的坚持并没有维持多久，他终究还是消失了，没有人知道他去了哪里。但关于他的离开，坎贝尔校长是这样解释的，斐利确实病了，他需要休息。只不过，斐利的学生常常会说，并不是斐利病了，而是他们害怕有病的人。

他们不在乎你到底有没有病，只要你存在有病的可能性，他们便不愿意与你有丝毫的接触。斐利曾经努力地去证明自己没有病，可惜，所有的努力都抵不过肉体与灵魂的双重防伪。

斐利走时说，他要去寻找解药，为那些病人。

我过来，只是想让你听听我的心跳

在离开华盛顿之前，我必须去做一件事，这对我来说很重要，因为这些年里，一直有一个影子在我脑海里，既模糊又清晰，这种感觉促使我去揭开谜底，于是，我全价购买了去维珍尼亚的机票，匆匆启程。

飞机在进入平流层的瞬间，剧烈抖动了一下，我感觉自己的心脏也急速跳动起来，但那种感觉却不是痛苦，相反，离维珍尼亚越近，我便越激动，快十年了，终于等到这一天。

我从未踏足这片土地，但却觉得一切是那么熟悉，是心灵感应吗？或许吧，我拿出手机，仔细看了下日期，没错，今天是十九号，我最喜欢的日子。

如果不是已经是下午三点，我又想尽快找到我想要的答案，坦白讲，真希望能好好逛逛这座城市，有些感觉，毫无来由，但却异常强烈。

坐上开往巴拉小镇的巴士，倒计时便开始了，我已经在地图上千百次地查看过，它坐落在城市的西郊，是一座安静的小镇。可我的心却无法平静，三点半，三点四十，我不断地看时间，三点四十五的时候，终于到达目的地，列汉德邮政所，一块半掩埋在泥土里的牌子格外醒目。

我静静地走过去，推开那扇玻璃门，这个样子，原来就是这个样子，站在大厅，我有点手足无措，保安走过来，问我需要什么帮助，我机械地点点头，也不知怎么地便坐了下来，坐在靠门口的那个位置，因为我要等一个很重要的人。

大厅的时钟滴答滴答地响，四点整的时候，果不其然，有人推门而进，我忍不住站起来，看到一对老夫妇。他们有着明显的犹太人特征，微笑着向我点点头，便直往窗口走去。

“还是照以前一样，把钱寄这个地址。”老人说，旁边的老妇人一定是他的妻子，紧紧靠着他，也在使劲地点头。

服务员点点头，迅速地敲打键盘，看得出，她一定为这对夫妇重复过无数次这项工作，我悄悄走过去，清楚地看见，那上面的名字正是自己。

当过去的情感再也无法藏匿，我的心几乎要膨胀而出，好不容易忍住眼泪，终于说出了准备千万次的话语：“父亲，母亲，我就是安东尼，我就是那个生活在华盛顿的遇难男孩。”

十五年前，因为一次车祸，我必须做心脏移植手术，而与此同时，在维珍尼亚，有一个女孩也遭遇了一场车祸，可惜，她没有我这么幸运，永远地离开了这个世界。

但我后来才知道，其实她并没有离去，因为她的父母同意把她的心脏移植到一个男孩身上，不仅如此，得知男孩的父母也在车祸中罹难，他们在这十五年来，每个月都会寄一笔生活费过去。

从邮局查询知道，就是在这里，日期是十九号，时间是下午四点，当我终于走向独立——大学毕业后，被德国一家公司录取，即将离开美国的时候，我终于来到了这里，看到了魂牵梦绕的人。

两位老人把我紧紧拥抱着，说：“你怎么来了？”我泣不成声：“父亲，母亲，我过来，只是想让你们听听我的心跳。”

心中有善，终将再遇见

火车经过呼和浩特的时候，我穿过拥挤的过道，来到八号车厢餐厅。

餐厅人不多，因为相较于平时的饭菜，这里的价格确实有点贵。但我已经一天没吃东西了，于是选了个位置，点了一个最便宜的套餐。

我想自己并不是一个小气的人，当我看到一位老妇人，她点了跟我一样的套餐，价格竟然少了整整两倍，甚至盘子里的饭菜更丰富一些时，我只是有些疑惑。

但当我看见一个年轻的女乘务员，她竟然很温情地搀扶着老妇人坐到靠窗的座位上，还偷偷递过去一瓶饮料时，而我一再向服务员要一杯水，却没有丝毫回应。我终于忍不住生气了。她们分明是一对母女，这种假公济私的行为实在是太可恶了。

我愤愤不平地找到乘务长，投诉不公平待遇，并要求乘务长作出合理解释，否则——

在餐车上吃的那顿饭，让我心情大打折扣，吃了一顿比平时贵的饭也就罢了，关键是还得受气，看人家利用职务之便秀孝顺。

下午，火车已经离开呼和浩特很远，茫茫的草原被甩在身后，心里不由一阵伤感，如果说火车站是这个世界上最让人伤感的地方，那么，火车上的氛围则会令这种伤感无限发酵，延伸，直至无穷无尽。

不过，我怎么也没想到，当我困得几乎要睡着的时候，一双手轻轻拍了拍我的肩，原来是那个照顾她母亲的年轻女乘务员。她笑了笑说："不好意思打扰了，本来下午就要向您道歉，因为工作实在太忙，现在才来找您。"

如果可以，我宁愿没有坐过那趟火车，但我又很庆幸坐了那趟火车。

女乘务员的一席话让我简直无地自容，她说，老妇人不是自己的什么亲人，套餐的价格也从来没有变过。老妇人每年这个时候都会坐火车出远门，南下前往海南去看望自己当兵的儿子。但老人没什么钱，起初两次，老人一路几天什么都不吃，后来被乘务员发现了，决定免费提供食物，但老人却固执地要付钱，虽然只是几块钱而已。

我问，既然老人没钱，他的儿子为什么不孝顺老人一点？这也太不应该了。

女乘务员平静地说，老人的儿子在一场岛屿保卫战中牺牲了，老人只是去看儿子的墓碑而已。我再次为自己的主观臆断感到羞愧——真想从窗口直接跳下火车算了。

直到火车到站，我一直犹豫着想找到那个老妇人，还有女乘务员，向她们道歉，跟她们道一声别，但最终还是在茫茫人流中沮丧地离开了车站。

如今，我多半乘坐的是高铁，但每每踏上旅途，总会想起那列绿皮车，那个老妇人，还有那位善良的姑娘，真希望在人生的下一站，能再遇见你们。

永不要见，最熟悉的陌生人

我是在11路公交车上遇到菲利的，他是我的老同学，大学四年，我们是公认的铁哥们，连衣服都互相换着穿，所以，我们极其夸张地来了一次拥抱，煞是令旁人羡慕。

彼此问候，才知我们都在墨西哥，他结了婚，我也有了家庭。所以，我努力地寻找关于工作、家人、小孩的话题，可惜，当初经常秉烛夜谈的我们似乎少了许多默契，只那么三言两语便结束了。

我有点尴尬，看菲利，他也不断地往窗外看，时不时向我挤出一丝刻意的笑容。这情景让我很难受，窗外挤满了抢道的出租车，死死地把我们堵在中央，好不容易向前爬一段，刚好又遇上红灯。

时间很难熬，好几次挑起话题失败后，我只想赶紧下车。可是，前面还有一座很长的桥，而且，桥头还有个收费站，曾有一次为了交过桥费足足等了四十分钟，所以我很害怕，当然，不是因为公交车的堵塞，而是无法面对眼前的菲利。

在过桥前的最后一站，我霍然起身奔向门口，临下车那一刻，赶紧回头跟菲利打招呼，说先下了，以后常联系。他竟然站着，手里提着一大袋食品，爽朗地说好，以后多聚聚。没想到菲利变化这么大，墨西哥真是磨炼人啊！明明没什么话说，他还说多聚聚。不过我不怪他，我说常联系也是客套话，在公交车上这么久，我们连联系方式都没留下，还怎么联系！

骄阳似火，虽然要步行过桥，但我心里轻松，走一段路总比两个人熬在车上强，再说了，过桥还要多收一块钱，我不亏。

难得步行看看桥上的风景，所以我情不自禁地哼起了小曲，心里盘算着过桥后拿一块钱给儿子买根棒棒糖，那家伙一定会抱着我的脖子使劲亲吻，哈！我忍不住提高了音调，可我耳朵里听到的并不是自己的声音，桥对面走来的人也在哼着同样的小曲，我扶了一下眼镜仔细一瞧，心里“咯噔”了一下，那人竟然是菲利！他看见我，立马也呆住了。

他竟然往回走，难怪我下车的时候他站起来了，他宁愿过桥后再回来也不愿与我一起下车再聊上一段。好不容易才缓过神来，我们互相笑笑，说真巧啊！家里孩子等着吃饭呢，回头见！说完便逃也似的往前走，谁都不愿问为什么走这么长一段路。

和菲利擦肩而过的那一刻，我分明看见他脸上多了一丝沧桑，一双眼睛老在躲闪。我知道，他不再是当年的他，可是，我还是当年的我吗？骄阳已躲进云层，我仍觉得全身发热，加快脚步，只想赶紧走完剩下这段桥，也不买棒棒糖了，直接回家，拿面镜子好好瞧瞧。

达姆达姆，生活不要太过沉重

在班加西最繁华的街道上，凯奇看见一个小女孩不断地向路人解释什么，等问了导游才知道，女孩在恳求路人敲一面鼓，这面鼓的名字就叫做达姆达姆。

达姆达姆并没有挂在小女孩的腰上，而是在不远处，顺着小女孩的手指可以看到，一个中年妇女佝偻地站在烈日下，一面鼓置于她双腿之间，可惜，却没有任何人上去敲打。

凯奇非常好奇，正要上去试一试，却看见导游在使眼色，然后小声告诉凯奇，时局动乱，还是小心为妙，最后还补充道，达姆达姆是一种带有宗教色彩的非洲鼓。班加西是利比亚的军事重镇，凯奇这次来的主要任务是做非政府武装的军事报道，如果因为一面非洲鼓而节外生枝那就得不偿失了，于是凯奇点点头，跟着导游便准备离开。

可是，凯奇刚跨步，小女孩便跪在了凯奇的面前，几近哀嚎地祈求，虽然她的英语单词几乎全都拼错了，但凯奇还是明白了大概的意思，她求凯奇务必过去敲打一下达姆达姆，只要一下就好。

凯奇向导游耸了耸肩，然后很无奈地问小女孩："为什么一定要过去敲达姆达姆呢？为什么只要敲一下就好？"

接下来的小女孩的话，如果不是亲耳所听，凯奇简直不敢相信在班加西，还有一种这么伟大的感情。女孩告诉凯奇，父亲病重，乌库鲁库鲁（非洲信奉的一种神的名字，通过巫师传达旨意）告诉母亲，灾难源于母亲邪恶的眼神，只有达姆达姆的声音可以驱赶邪灵，但是，必须有一千只陌生的手击打它，才会将父亲从死神那里带回。

所以，小女孩的母亲一直站在街边，双腿夹着达姆达姆，等着路人对它的击打，可惜，街上的人似乎也害怕招惹邪灵，没有几个人愿意听小女孩的解释。

凯奇愿意击打，虽然知道那并不能给女孩的父亲带来健康，但凯奇知道，那至少可以让小女孩还有她的母亲感到些许欣慰，所以，凯奇不再理会导游的劝导，转身便往那位母亲走去。然而，小女孩却又突然把凯奇拦住了。

莫非真的是阴谋，她要开始提要求了？凯奇突然有点生气，思量着无论如何也绝不心软。这时候，小女孩开口了，结结巴巴地有点紧张，但却并没有像以往国内报道那样，她没有要美元，也没有要英镑，小女孩憋了好一会儿终于把那句话说完了，“请您一定要轻轻地敲打”。

敲打就敲打嘛，为什么还要轻轻地敲打？凯奇便问她：“这也是乌库鲁库鲁的旨意？”小女孩似乎生怕凯奇反悔，赶紧回答道：“不是的，请您可怜可怜我的妈妈吧，她最近越来越虚弱了，肯定是因为达姆达姆的声音带走了她的生气，求您了，求您务必轻轻地敲打，不要让妈妈也倒下。”

凯奇心头一震，这时候才发现，那位双腿夹着达姆达姆的妇女脸色苍白，但绝不是所谓的鼓声削弱了她的生气，而是在烈日的炙烤下中了暑，再加上多日操劳，身体肯定吃不消了。看着小女孩哀求的眼神，凯奇突然觉得没必要跟她解释任何医学的常识，凯奇只需要按照她的意思，用手掌在达姆达姆上轻轻地敲打了一声。

通过导游，还有英国在当地所设的红十字会，第二天，凯奇再次看到了这个小女孩，是在她的家里。当工作人员将带来的药物和食品交到小女孩的手里，并告诉她，服了药之后，她的母亲和父亲都会很快康复时，女孩一下子欢跳起来。

那天离开的时候，女孩将达姆达姆夹在双腿之间，一边击鼓一边歌唱，工作人员告诉凯奇，那首歌的名字叫《诺兹波妈妈》，象征着生命永恒，大爱无边。